河出文庫

末裔

絲山秋子

河出書房新社

目次

末裔

1

鍵穴はどこにもなかった。

最近の住宅ではあまり見かけない、白いペンキを何度も塗り直した木製のドアはいつもと何ら変わりはなかった。年季の入った真鍮《しんちゅう》のドアノブも見慣れた通りだった。

しかし、ドアノブを支える同素材のプレートはのっぺらぼうで、丸の下にスカートを穿いたかたちの鍵穴は形跡さえなかった。鍵でつついても、指でなぞっても、しゃがんで見直しても、二、三歩後ろに下がっても、五秒目を閉じても、ややがさついた手触りの真鍮の板には凹みも歪みもなかった。

鍵穴があらまほしき場所にないのだった。

そんなばかなことがあるものか。

二、三度チャイムを鳴らしてみたが、もちろん誰が出てくるわけでもない。ドアノブをつかんで前後にゆすぶってもごとごとと鍵のかかっている手応えがあるばかりだった。

もちろん鍵は手の中にある。しかしその鍵が受け入れられない。

鍵穴だけが消えてしまったのだった。

富井省三《とみいしようぞう》は、閉め出された。

湿った闇は隣家の犬の濃いにおいでむっとするようだった。

犬はずっとフェンス際で吠え続けている。生臭い息の温度まで伝わって来るような気がする。毎日のことだ。帰宅したときはもちろんのこと、出がけに生ゴミを出すとか、なにか忘れ物をしたとか、そういったことで玄関前でごそごそしているとき、その犬は宿敵が危害を加えるべく縄張りに侵入したと判断し、怒り狂い、吠えたて、省三を駆逐《くちく》しようとするのである。

過剰防衛も甚だしい。

いつもならとっくに省三は屋内に姿を消している。朝ならば駅に向かって歩き出しているところだ。バカ犬め、と口の中で罵《ののし》りながら。しかし今日は逃げ場がない。薄暗い玄関の前でいつまでも立ったりしゃがんだり首をかしげたりしておれば犬でなくても不審に感じることだろう。だがしかし、隣人の匂いを犬が覚えてないとは言わせない。なんだってこんな愚かな動物に大きな声を出されなければならないのだ。

まるで俺が怪しいみたいじゃないか。

俺の土地に俺がいて何が悪い。

省三はむかっ腹を立てる。

この犬が初めてではないのだ。宮沢家は長い間犬を飼っている。犬種が変わっても代が替わっても同じ性格になる。それが憎らしいことに、夫人が出てくるとぴたっと鳴きやんで、尻尾どころかケツまでブンブン振り回して子犬のようにはね回り、夫人にまとわりつく。

「ごめんなさいねうちの子が」

白い帽子をかぶり、似合わないジーンズをぽってりと穿いた宮沢夫人が困ったように言う。若い頃は眩《まぶ》しいほどの美人であり、外出するときのワンピース姿には見とれるほどだった。今でもきれいな人であることには変わりない。

だが。

うちの子だと？

その笑顔には騙《だま》されないぞ。

なぜ凶悪な生き物を庭に放すのか。何かのはずみでフェンスを乗り越えるか、フェンスが破れるかしたら絶対に襲われるではないか。こちらが怪我でもしたらどうしてくれるのか。なぜ吠えるのなら家の中で飼わないのか。なぜ隣人に関心を持たないように躾《しつけ》をしないのか。なぜ何匹飼ってもいつも同じような性悪犬になるのか。

喉まででかかった憤怒《ふんぬ》が行き場をなくす。

鍵穴がなくてドアが開かない。

勤めから帰ってきたのに家に入れない。

何故にこんな間抜けな羽目になるんだ。

本来ならぬるいシャワーでも浴びて、冷蔵庫からビールを取り出して、テレビのスイッチを入れた頃だ。

それが何で。

鞄を足下に置いて、夏物の背広の上着を脱いだ。風とも言えぬほどかすかな空気の流れを、通勤の汗で湿ったシャツに感じた。

一戸建ての住宅なのだから、玄関から入れなければ家の脇を通って庭へ回ることができる。もちろんそれくらい省三だって知っている。東西ともに人一人がやっと通れる空間は当然あって、そこを使えば庭に出ることができる。庭に出て掃き出し窓のガラスを割って入るということも、考えられなくはない。

しかしながら、もう何年もそんな場所は人が通り抜けたことはなく、その結果としていなくなった家族の自転車や壊れたファンヒータや折れた傘やプランターや大昔の足踏みミシンやそういった粗大ゴミのようなものどもが押し込まれ放置されて折り重なり、僅かな隙間には背の高い雑草が蔓延《はびこ》っている。そこにあった勝手口が使われることは、もうない。東隣の鈴木夫人は省三に面と向かって「ゴミ屋敷」と言う。いつか片付けようと思っていながら何年も経ってしまい、ゴミは多分これからも増えることこそあれ、減ることはないのだろう。

それらの混沌とした地帯を強引に踏み越えながら庭へ抜けるなんていうことは、不可能だ。

そう、不可能なのだ。

ミシンと蝙蝠傘《こうもり》がここで出会ってもちっとも美しくはないな、と省三はひとりごちた。あれは誰だったっけ、ブルトンじゃなくて、誰だっけ。

つまらんことを考えている場合じゃない。

省三はできる限り鈴木夫人と顔を合わせたくない。ここに立っているだけでも、西隣の宮沢家の犬がいつまでも吠えているのを怪しんで、色褪せた花柄のエプロンドレスを着た鈴木夫人がひょいと顔を出してかれに向かって罵《ば》詈《り》雑言《ぞうごん》を並べ立てないか、気がかりなのだ。下町育ちが自慢の鈴木夫人は、

「あたしは短気だけどからっとしてるからね」

と言うが、とんでもない。ちっともからっとなんかしちゃいない。陰湿で粘着質で、手加減もない。

「そりゃあ奥さん亡くなったのは気の毒よ。あたしだってあの奥さん好きだったもん。だからってさあ」

つまり省三が何もかも悪い、省三の生活が悪い、省三は非常識だと続く。ゴミ出しを前日の夜にするなという件、同じく生ゴミの袋を外に置くなという件、庭の草が生い茂ってヤブ蚊が発生する件、野良猫が出入りして糞をする件、テレビの音とドアの開閉に

関する件、深夜早朝に風呂に入ると給湯器がうるさいという件——鈴木夫人の懊悩《おうのう》はつきないのである。それが苦情となって省三に降り注ぐ。

「ほんっと、税金泥棒って富井さんみたいな人のこと言うんだね」

ばたんとドアを閉める直前に吐き捨てる鈴木夫人のとどめを聞くたびに、省三はとてつもなく嫌な気持ちになる。

妻はそんな鈴木夫人とも距離を取って、それなりにうまくやっていてくれた。妻のいた頃は粗大ゴミだって大したものもなくて、家だって庭だって整っていたのだ。なにしろ鈴木家のことなど、妻が入院するまで省三は意識したこともなかったのだから。

南側にある庭は幅三メートルほどのどぶ川に面している。どぶの向こう側はバスの操車場だから日当たりだけはいい。コンクリートで固められた溝の深さは三メートルか、四メートルか。その昔、子供が小さいときに落ちないようにフェンスをこしらえた(もちろん子供たちはそのフェンスによじ登って遊ぶようになった)。梅雨時のどぶ川はどこかでじっとしていたゴミを運んでかなりの速さで流れ、夏場はよどんでひどく臭う。風情のかけらもない。岸辺に下りる道はないし、もちろんそんな酔狂《すいきょう》なことをする人間もいない。

あの川だったらダリの時計が流れていたって不思議はない。

ぽつん、と滴《しずく》が首筋に当たった。汗か、と思ったら手の甲にも冷たい雨粒が落ちた。

「あら、雨降ってきたのね」

妻の歌うような声が蘇《よみがえ》るのは、そういうなんでもないときだ。そして窓を閉めに行くのか、それとも洗濯物を取り込むのか、スリッパを履いたぱたぱたという軽い足音が続くのだった。

省三は、傷口を押さえて痛みに耐える人のように目を閉じて歯を食いしばる。そして僅かにつき出ている軒を頼りに、ドアを背にして立った。


人がどんどんいなくなる家だった。

もとよりこの辺りは世田谷といってものどかな場所だった。砂利道があり、武蔵野の名残をかすかに残す雑木林があり、原っぱのようなものがあり、畑と家が散在する風景だった。井戸水を使う家もまれではなかった。昭和三十年代、インフレの頃に省三の父が一念発起してここに土地を買い、家を建てた。はめ殺しの小さな窓のついた白いドアは母の好みで、廊下の一面を書棚にしたのは父のアイディアだった。省三と姉と弟はこの家で育った。

父は五十代半ばで事故死した。それが、都営団地に住んでいた省三夫婦が一歳になったばかりの長男の朔矢《さくや》を連れて同居するきっかけとなった。二人目の子供を身ごもっていた靖子にとっては急な引越しだった。ショックを受けて殆《ほとん》ど口をきけなくなっていた母も孫が来てから少しずつ感情を取り戻したし、省三の見る限りでは靖子とうまくやっていたようだった。

母に認知症の兆候らしきものがみられるようになったのは、子供たちが大きくなってからだ。靖子は実の親にするように介護していたが、とうとう手に負えなくなって施設に入れることに同意した。今でも月に二度は面会に行くが、もはや省三が誰かもわからない。忘れることも人を見間違えることさえもやめてしまった。

朔矢の結婚式までは元気だった靖子だが、その後あたりから「食欲がない」と口癖のように言っていた。大事な時期に大して気にかけなかったことを省三は今でもひどく後悔している。精神的なものか、女性特有のものだろうと決めてかかっていたのだ。ある日靖子は、お腹が痛いので病院に行くと言って出かけ、何度かの検査の結果膵臓《すいぞう》癌の診断を受けて入院した。

省三は、役所の帰りに病院に寄り、病状が進行してからは休暇を取って付き添っていた。何度かは持ち直して外泊することもあった。

無理に明るい話ばかりした。家の増改築のプランや、旅行の計画、朔矢や梢枝《こずえ》の将来、まだ見ぬ孫の話、靖子の好きな花火の話、家事でどんな失敗をしたかという笑い話。痛みがひどくなる前まで、妻はよく笑った。

ある時期の病床でのそういったひそやかな明るさが、妻が苦しみ続けて死んでいってから省三に跳ね返ってきて、こたえた。省三はそのころのことをはっきり思い出せない。

葬儀を出した後、いつから役所に復帰してどんなお悔やみを言われたのかも覚えていない。家に帰ってくればただ呆然としているだけだった。

まだ学生だった娘の梢枝は就職しなかった。バイトが忙しいと言って、滅多に家にはいなかった。たまに帰ってくれば自分の部屋に閉じこもり、一体何をしているのかもわからなかった。冷蔵庫に貼られたメモや、めくられることのなくなったカレンダーなど、妻の痕跡を生々しく残しながらも次第に荒《すさ》んでくる食卓やリビングで省三とすれ違うことがあっても、生返事をするかため息をつくくらいで会話らしいものはなかった。

こんなときこそ、靖子に梢枝の気持ちを聞いてやってほしかった。

何で俺がそんなに嫌われなければならないのか。俺は家庭のために尽くさなかったか。俺はそんなに悪い父親だったか。

そんなわけないだろう。

一周忌が過ぎた頃、梢枝は、メモを残して消えた。

「お父さんへ。

仕事と住むところが見つかったので家を出ます。連絡先はそのうち、お兄ちゃんにメールします。お世話になりました」

梢枝の部屋はもぬけの殻だった。

しかしながらもし、家を出ようとするところを捕まえたとしても、どんなやりとりがあったというのか。梢枝だってこんな家を出ずにはいられなかったのではないだろうか。

今、梢枝は何をしているのだろう。

変な男にひっかかっているんじゃないだろうか。

ちゃんと食べていけるのか。借金はないだろうか。

心配するだけで、それを伝える手だてがない。とにかく男親というものは情けない。妻がいなければ娘に口もきけないのだ。

とうとう一人暮らしとなった省三の生活はますます厄介でみじめなものとなった。いつの間にか、死んだ父親の年齢も超えてしまい、もう定年が見えている。出世もしていないし、仕事そのものが打ち込めるものでもない。体を動かす習慣もない。趣味なんてあったかどうか忘れてしまった。靖子の治療代は決して安いものではなかったから、老後に豊かな蓄えがあるわけではない。

あれから三年。

いつやむともしれない小雨が住宅地を包んでいた。

省三はガガンボのようにドアに貼りついている。

鍵穴がない、といったって所詮は鍵のことなのだから鍵屋に電話をすればいいだろう。しかし、その電話番号はどこで調べるのか。電話帳は家の中である。それもいつのものかもわからない。

明日役所に行けばなんでも調べられるんだが、省三はそう思う。出入りの業者を呼べばいいのだ。営繕《えいぜん》の方で使っている業者がいるはずだ。家のことだろうがなんだろうが、業者は電話一本で来る。明日呼んでみよう。そうすればいい。省三は自分の携帯電話だって店に出向いて買ったことなど一度もない。殆どの用事はそれに見合った業者を呼べば済んだ。

しかし……。

こんなケースは鍵屋だって扱ったことがないんじゃないか。鍵の紛失というわけではないのだ。

「ああ、ご自宅の方で……そうですか」

嫌悪を薄くあらわして鍵屋は言うだろう。案件次第で業者というものがどういう顔つきになるのか、省三は知っている。

多分こんなことになるのではないか。頭の中の鍵屋と、省三は想定問答をする。

「鍵の交換ってどうなの、すぐできるの？」

「できますけど、どんなタイプですか？」

「ふつうの、昔からあるやつだったんだけどそれが」

「ああ、だったら簡単にできますよ。ドアを開けて貰ってそこに番号が……」

「その鍵が開かなくってね」

「え？　鍵をなくしちゃったってことですか？　合い鍵もないんだったらシリンダーで

……」

「そうじゃなくて、鍵穴がないんで開けられないんだけど」

「キーレスのタイプ？　ごめんなさい、ちょっと話がわかりにくいんですけど」

「だからね、帰ってきたら鍵穴がなくなっちゃったんですよ」

「異物が詰まってるとか？」

「鍵穴そのものがないんですよ。朝はあったのに、帰ってきたら」

「鍵穴がなくなった？」

「そうですよ。さっきから言ってるでしょ」

「あのねえ、こっちも仕事でやってるんだから、そういう冷やかしみたいな電話されても困るんですよ」

連絡するまでもない。こんなことになるに違いない。

ため息を一つついた省三は尿意を催《もよお》して近くにある公園に向かった。雨を吸ってシャツがじわじわと重くなった。梢枝が小さかったとき、妻が「危ないんだから」と言って行くことを禁じていた公園である。今は北口公園というどこにでもあるような名前になっているが、戦前はどこかの実業家のお妾さんの家があったという噂である。真偽のほどはわからないが、大きな木が何本も生い茂っていて、昼でもなんとなくじめじめしているのが、靖子にとっては「後ろ暗い家」というイメージとぴったりしていたらしい。もちろん今では家そのものは跡形もない。梢枝の子供時代には痴漢が出るとも言われていた。禁止されると余計行きたくなるものなのか、梢枝は友達と一緒に出かけて行ってはカタツムリや蟬《せみ》の抜け殻といったものを次から次へと採集して来た。そして靖子に叱られていた。

さて、あの実業家はなんという名前だったのだろう。まさか北口さんではあるまい。お妾さんは一体どこへ行ったのだろう。お妾さんと名乗るからにはきっと年老いても美しいのだろう。手をひかれて家を出た、線の細い娘はどこかで小料理屋でもやっているのかもしれない。

妄想が通り過ぎて我に返ると、狭いトイレの中で、余計暗さをひきたたせる蛍光灯に蛾《が》が苦しげに体当たりを続けていた。省三は手を洗い、丁寧にハンカチで拭くと、量販店で買った樽型のメガネをはずして汚れた鏡に映る自分の顔を見た。

くたびれていた。気持ちもくたびれていたが、見てくれはもっとくたびれていた。顔色がくすんでいるように見えるのは蛍光灯のせいとしても、少しむくんでいるようだった。父にも、母にも似ていない。

自分の顔とじっくり向かい合うのはずいぶん久しぶりのことだった。

とりあえず今夜はどうするか。家に入れない以上、どこで夜を明かすか考えなければいけない。頼れる友達もいないし、そもそも事情を説明するのが厄介だ。

朔矢のところに電話してみようか。これはやはり、ある種の緊急事態と言えるのではないだろうか。

朔矢はすぐに電話に出た。

「ああ、俺だけど」

「ちょっとまってかけ直す」

背後ではがさついた音がしていて、朔矢はまだ会社にいるようだった。省三はベンチのそばでタバコを吸った。

「わりーわりー」

五分ほどで朔矢は友達に話しかけるように電話してきた。

「ちょっと、出てこないか。急で悪いんだけど相談したいんだ」

「今日？　今から？」

「できたら今日がいい」

「いいよ」

「家まで来れるか？」

「うーん、また会社に戻らなきゃいけないから。新宿でもいい？」

雨は一時上がったようだった。

省三は駅まで戻り、すぐに来た各駅停車に乗って新宿に出た。上り電車はがらがらで、ばからしい思いがさらに増したが、久しぶりに息子に会える嬉しさもあった。

朔矢は優しい子だった。学校の成績はぱっとしなかったが人に迷惑をかけたりはしなかった。レギュラーにはなれなかったが高校まで野球をやっていた。いつも友達に囲まれていた。靖子の最期の頃は、仕事の合間だと言っては病院に来て、足をさすってやったり湯たんぽのお湯を入れ替えたりしていた。靖子が泣くのは決まって朔矢が帰った後だった。

新宿駅の地下の喫茶店で朔矢は待っていた。この時期でもネクタイをしている。

「オヤジ、これ。よかったら持って帰って」

「酒か？」

「ワイン。土産にもらってずっとロッカーに入ってたから冷えてないけど」

「ああ、じゃ貰うよ」

ありがとう、とつけ加えて、キャスター・マイルドに火をつけた。いつもなら、省三につられて嬉しそうな顔をしてポケットをさぐる朔矢は動かない。

「タバコ、やめたのか」

病院では、駐車場の隅に作られた田舎のバス停のような喫煙所に一緒に通ったものだった。省三は、初めてあの病院に属する風景に懐かしさを感じた。

「ああ。いろいろうるさくて」

すぐに嫁の顔が浮かぶ。

「まあなあ」

そういうご時世なのだ。現に省三も鈴木夫人から、開いた窓からタバコの煙が流れてくるというクレームを頂戴している。マンションのベランダならまだしも、一戸建てでそんなことがあるのだろうかと省三は疑っているのだが。

ただ、喫煙者の肩身が狭いと言っても区役所に勤務する省三はまだ、恵まれている。喫煙スペースもフロアごとに取ってある。朔矢の会社はビル全体が禁煙なのだと聞いた。

「で、相談って？」

「うん。家の鍵なんだけどな」

省三は言いよどんだ。

「鍵、なくした？」

「そうじゃないんだ、具合がおかしい。なんというか、その」

鍵穴が消えてしまったのだ、と省三が言うと、朔矢は怪訝《けげん》な顔をした。

「そんなの、聞いたことないな」

「ほんとなんだ」

「ほんとなのはそうなんだろうけどさ。困ったね」

「俺は今日、どうしたらいい」

「とりあえずこの時間じゃ、どっか泊まるしかないんじゃないの」

「どっかって」

自分の家に来いとは言わなかった。仕事中だし、突然でもあるし、当たり前か。

「ビジネスか、ビジネス嫌だったらふつうのホテルか」

「このまんまでか。今からか？」

「仕方ないよ」

省三は不満を込めたため息をつく。朔矢は黙っている。

話題を変えるしかない。

「梢枝からは連絡、くるのか」

「さあ、年賀状が来たっきりだけど、全国飛び回って仕事してるって。元気だと思うよ」

「そうか」

元気にしているのならそれでいい。二人きりの息の詰まるような短い暮らしを思い出すと、視界が曇るような気がする。

「たまには家にも顔を出したらどうだ」

朔矢は遠慮がちに、しかしはっきりと、ハウスクリーニングの業者を入れたらどうか、と言った。例えばお母さんの物も整理して、梢枝の部屋にでも入れてとっておけば。やっぱりあれじゃ、ゴミ屋敷って言われても仕方ないと思うよ。いや、わかるんだよお母さんのもの捨てられないってお父さんが思う気持ちはさ。でも、今のままじゃ香奈恵は行かないと思う。

つまり嫁がこう言ったってことだ。

『たしかにお義父《とう》さんは気の毒だと思うけれど、死んだひとの物があふれかえっている家なんて正直言って私、気味悪いし、不潔すぎて考えただけで病気になりそう。とてもじゃないけど行けないってあなたからちゃんと伝えて』

妄想の中の嫁は、いつの間にか鈴木夫人そっくりになっていた。

「おまえ、あれはどうなんだ、不妊治療の、その」

「うーん、やっぱり大変だよ。お互いさ。金もかかるしあと、なんていうかな、香奈恵が大変なのはもちろんだけど、俺だって精神的に負担が大きいっていうか」

「うん」

「もう、無理かもしれないって、二人とも諦めかけてるんだ」

「そうか」

聞いてはみたものの具体的な話になると、どうにも居心地が悪い。せめて孫でもいればとずっと思ってきたけれど、そんなに簡単なものではなかったのだ。そうか、不妊治療って男も大変なのか。省三は夢にもそんなことを考えたことはなかった。

「でさ」

「なんだ」

「もしこのまま、諦めるとしたら、香奈恵がね、今の生活のままじゃ寂しいって言ってさ。その、犬をね」

「え」

「室内犬の小さいやつさ。気に入ったやつがあるとか言ってさ。俺も家事とか全部任せてるからそのくらい仕方ないかって思って。俺もほんとはああいうのは好きじゃなくて、ほら、鎌倉のジャンみたいなフレンドリーな犬だったら大歓迎なんだけど」

ジャンだって？　何を言うか。朔矢はジャンに会ったことなんか一度もないじゃないか。写真で見ただけじゃないか。

「だけど、マンションだろ、犬なんて」

「うちのマンションは大丈夫」

あの嫁が多少因業《いんごう》でも、我が儘でも、かわいい孫が出来るなら仕方がないと思っていた。多分靖子だって同じことを思って結婚を許したに違いないのだ。

それを犬だとう？

俺の大嫌いな、けたたましく吠える生臭い生き物。依存心を売り物にして飼い主には媚びへつらい、要求があれば吠えたて、足手まといになり、他人には敵意をむき出しにする、飼い主に少しでも落ち度があればたちまち偉そうにふるまい誰も手出しできなくなる、家畜として生産性ゼロの生き物。真面目で利口そうな顔をしておきながら実は習慣と手続きと損得勘定でしか動かない――省三はふと、自分のようだと思う。

小さな発見を胸に、省三は言った。

「嫌犬権って言葉はないんだな」

「ケンケンケン？」

朔矢は甲高い声を出した。

「犬を嫌う権利だよ」

声なく少しだけ笑ってから、朔矢は近いうちに俺だけでも顔を出すから、また電話するよ、と言って会社に戻って行った。取り上げた伝票をつまんだまま、省三はもう一つため息をついた。

朔矢のところには、もう行けまい。

上着と鞄とワインの袋をぶら下げて、省三は新宿通りを四谷方面に歩きはじめた。失望と疲れで足が重かった。

明治通りを渡って路地をいくつか折れると、何度か行ったことのある小さな居酒屋の看板が出ていた。安くて一人で入れる店というのは、案外新宿では探しにくい。テーブル席では若い会社員のグループが喧《やかま》しく飲んでいる。

黒いエプロンをしたアルバイトの女の子が、ご注文は、とも言わずに省三の前に立った。

「じゃあ、この、生酒の小さいやつと、あとほっけとポテトサラダ」

承知しましたもありがとうございますもなしに伝票に字を書くと立ち去る。決して機嫌が悪いわけではなく、こういう子なのだろう。もっと愛嬌のある子はこの新宿ではずっと時給を稼ぐのだろう。

省三は時間をもてあまし、ほっけをつつきながらちびちびと酒をすすった。終電の時間が過ぎると、困るのではなく逆に気分が楽になった。家に入れないのではなく、今は家に帰れないことになった。

冷房の風が届かないのか、空気はぬるくて生酒の瓶の表面にはびっしりと水滴がついた。省三は濡れた指先を紙ナプキンになすりつけた。

十二時半になり、一時になった。

会社員のグループはいなくなっていた。

眠そうなカップルが向こうで寄り添っている。どこかにしけこめばいいのに、何をやっているんだろう。

隣では黒い服を着た女が飲んでいた。トイレに立つついでに、ちらりと見ると、色白というよりは顔色が悪く、なんとも言えぬ澱《よど》んだ目をしていた。

こういう女とは話したくないな、と省三は思う。機会があっても親しくなりたくないな。

もちろん、黒い服の女は省三に目もくれない。

「ラストオーダーになります」

初めてバイトの女の子が口を開いた。

眠気とともに鈍い頭痛が押し寄せてきた。

居酒屋にいるうちに、また一雨来たようだった。

せめて座れる場所を見つけなければ。

東口には何もない。西口まで歩いていけば、どこかに居場所があるだろうか。できればこっそり居眠りもしたい。ファミレスでもなんでもいいのだ。

ホームレスになった自分の姿が浮かんで、省三は激しくそのイメージを頭から追い払った。

極端に灯りが少ない時間の新宿だった。やがて建物の輪郭が黒々とあらわれて、その上に夜明け前の空があったことに気づくだろう。

ふと、強い視線を感じた。

向こうから歩いてきた男は、ラグビーか、それとも格闘技をやっているかのような体格をしていた。すれ違うときに立ち止まり、また引き返してきて省三を追い越すと、くるりと振り返り、省三の前に立ちふさがった。赤いTシャツに、ジャージの短パンを穿いている。

省三は思わず身構えた。

「あの、すみません」

男はまっすぐに省三を見て言った。その四角い顔と広い肩幅からすると、不自然なほど優しい声だった。

「すみません、いきなり声をかけて……ただどうしても、気になったものだから」

「気になったって、なにが」

ひるんでいるのを気づかれないように、省三は低い声で言った。

「こういうこと言うとほんとに怪しい者だと思われるかもしれないんですが、どうしても声をかけずにはいられなくて」

「怪しいじゃないか、十分に」

「あの、別に商売とかじゃないんです。商売でも宗教でもなくて」

「はあ?」

じゃあ何か、男色家か? 省三は踵《きびす》を返して逃げるように歩き出した。新宿駅が遠ざかるがこの際仕方がないだろう。

「待って下さい、あなたのことでお話ししたいんです」

男の声が追ってくる。立ち止まって省三は言った。

「黙れ変態」

2

「変態？　私が？」

　男は目を剝《む》いた。四角い顔が真っ赤になったが、少し間をおいてから静かな声で言った。

「それは、あんまりですよ」

「そうか、あんまりだったか」

　省三は素直に受けた。

「この街にはいろんな人がいますけれど、頭ごなしにそういう言い方はいけません」

　確かに普段の省三なら決して使わない類の言葉だった。頭ごなしと言われれば、それも省三の性格の一部であった。

　それきり、男は口を真一文字に結んでしまい、地下街に下りる階段を二、三段下りたところで背負っていたリュックを脇に置くと新宿通りに背を向けてずっしりと腰を下ろした。

　振り切って去る気をなくしてしまった省三も引き込まれるようにそれに倣《なら》った。座れるところがあればどこでもよかった。階段の踊り場に下りた格子状のシャッターに向かう形になった。

変態と言ったのは確かに悪かったが、怪しいことに変わりはないだろう、と思いつつ、しかし擦り切れていく省三の意識とともに、見知らぬ男への抵抗感もだんだん薄れていった。

アルコールが醒《さ》めるにつれて疲労が灰のように体内に降り積もった。何もかもがどうでもよくなっていた。ここにいて誰かに追い出されるのなら——もしもそれが自分と同じ区役所の職員という相手であっても——言うなりにゴミのように運び出されても仕方がないと思った。

しかし、その前に幾許《いくばく》か休息する時間はあるだろう。

心の輪郭が夜明けに向かって緩《ゆる》んでいく時間帯だった。

階段に座って大きく開いた膝に両肘を預けた姿勢で、放心と軽い眠りの間を漂っていると、男がだしぬけに言った。

「そろそろ行きませんか」

「いや、いいんだ」

「始発はまだだけど……帰らないんですか」

「俺は、帰れない」

すると男が言った。

「それが気になっていたんですよ。あなたが困っていると思って」

「そりゃ……」

省三は言いかけて、別の言葉を選んだ。

「この年で、なんにも困ってない奴の方がおめでたい」

一人で新宿に来て飲んでいて終電を逃した、明日も仕事だ、それだけでも困っているということにはなるだろう。新宿だったらそんな奴はいくらでもいるだろう。カモにするのなら何も俺じゃなくてもいいじゃないか。

何も俺でなくたって。

しかし相手はそう考えている省三の心を的確に読み取っているようだった。

「そう、もちろんそうです。困っている人ならいくらでもいる。人を騙して暮らしをたてている人もたくさんいる。この街は特にそうかもしれない。だから怪しく思われたって仕方ありません。確かに私は自分のことは何も話していない。あなたの話も聞いていない。実際そんな時間でも場所でもない。怪訝に思われて当然です。出過ぎた真似とは知りながら、あなたが困っているのがわかったのでつい、声をかけてしまったんです。あなたは嫌だったのかもしれない、でも、私にとってはここが地元なんです。裏山で足をくじいた人に声をかけて肩を貸さないとしたら私は私ではありません。そしてあなたは自分に味方が一人もいないと思っている。本当はどこか身近な場所……ええ、多分職場にあなたの味方がいるような気がしますが」

「やめてくれ、頭が痛いんだ。もういい加減にしてくれ」

叫ぶようにそう言って見ると、男の表情はカボチャのように素朴で平和だった。

「すみません。言い過ぎました」

男は大人しく言った。

「いや」

「……コーヒーでも飲みませんか？」

「コーヒー？」

カボチャのような表情をした男は、リュックを乱暴に開けると、ペットボトルの水と小さな緑色のガスボンベを取り出した。折りたたみのバーナーをくるくるとボンベに取り付けてから、コッフェルを取り出してペットボトルの水を注いだ。

「山ヤか」

「違います」

こんなところで火を焚《た》いていいわけがない、警察が来たらどうするんだ、と思いながら省三はまた無責任な眠りの波に引き込まれていった。

今度は肩をゆさぶられた。

「ブラックでいいですか」

「ああ」

鼻先に突き出されたステンレスのマグカップを受け取った。地下街への階段でこんなアウトドアじみた真似をするとは呆れた話だが、もはや省三の警戒心は涸れ果てていた。コーヒーはゆうべ朔矢と飲んだ専門店のものよりもはるかに熱く、そして一滴一滴が旨みを持っているように感じた。横目で見ると、男はコッフェルでコーヒーをすすっていた。

省三はあくびを一つして、言った。

「一体、あんた何者なんだ」

「乙と呼んで下さい」

「オツ？」

「本当はオツジっていいます。甲乙の乙に治ると書いて。名字は梶木川《かじきがわ》です」

梶木川乙治。本名ではないのかもしれないが、そんなことはどうでもいいことだ。俺は住民課ではないのだから。

また一つあくびが出た。

「何者かと聞いてるんだ」

「仕事ということなら、占い師をしています」

「占い師？」

驚きが声に出た。

省三が知るところの男の占い師というのは、繁華街の途切れるあたりに机と椅子を出して座っていて、顔色が青くて痩《や》せていて安っぽいつんつるてんのスーツを着ているものなのだ。占い師と名乗りながらも薄幸そうで、人の不幸は見抜いても自らが幸せになる方法など見当も付かないといった風情の輩なのだ。目の前にいる、毛筆で太く書かれた「健康」という字に手足を生やしたような筋肉質の青年とはかけ離れている。

「今、信用できないって思いましたよね。わかります。実際占ったってそんなには当たらないんですから」

「そうか」

「でも人が発するシグナルは、はっきりとわかるんです。現在と過去についてはかなりいい。でも未来の打率が良くないんです」

「それは気の毒だけど、俺はその関係のことはよくわからないから」

「あなたのお仕事は？」

「公務員」

「ああ、見たまんまですね」

乙は声を出さずに笑った。山ヤではないと言ったが占い師よりは登山家の雰囲気があった。

「なんであんたはこんな時間にほっつき歩いてるんだ」

「仕事の帰りですよ。そのあとちょっと食べたり飲んだりしましたけど」

「頼みがある」

省三は言った。

「占いなんてどうでもいいから、一つだけ教えてくれ」

「なんですか」

「どこか、今からチェックインできるホテルはないかな、あんまり高くなくて、この辺りで」

もう限界だった。頭蓋の中身がどろどろと液化してしまいそうに感じた。

「ありますよ。千駄《せんだ》ヶ《や》谷ですけれど。よければご案内します」

「国立競技場のあたりか」

「いえ、もっと近いです」

そのまま歩きだそうとする背中に言った。

「タクシーにしてくれ、頼む」

見知らぬ男に頼る不安はもうどこにも残ってなかった。変態呼ばわりをしたものの、自分にとっては危険がないだろうと省三は勝手に判断していた。

代々木に近い明治通り沿いでタクシーを降り、新宿御苑《ぎょえん》の方向の路地へとサンダルをスパスパと鳴らして歩き出す乙の後を追いながら、その姿が誰かに似ているな、と省三は思った。

そうだ病院で見たのだ。

病棟には必ず、こういう感じの入院患者がいた。どこの科にどういう病気で入院しているのかわからないが、一見誰よりも陽気に元気そうに過ごしている。患者の顔見知りも多いし、看護師とも軽口を叩く。なぜ入院しているのかまるでわからない。おそらく全快して退院間際なのだろうとこちらは思っている。

ところがある日、誰かが囁《ささや》き出すのだ。

あの方、亡くなったんですって。

ええ？　あんなに元気そうだったのに。

急だったみたいよ。

そういう患者が、省三の知る限り、妻を看取った病院だけでなく、子供の頃の梢枝が骨折したときに入院した病院にも、省三が若い頃盲腸の手術をした病院にもいた。

どこにでもいた。

そして最後はみんな死んでしまった。

乙が立ち止まったのは、小さな建物の前だった。

大きくない字で「ホテル・プレクサス」と、看板が出ていた。

プレクサスという単語が省三の記憶の通り「錯綜《さくそう》」という意味だとしたら、自分が泊まるホテルの名前としていささか好ましくない、と省三は思ったが名前以外に問題点は見あたらなかった。ラブホテルでもカプセルでもない、気の利いたビジネスホテルのようだった。何より、一秒でも早く横になりたかった。

「高くはないです」

入り口に立って乙は言った。

「ああ、ありがとう」

「ゆっくり寝て下さい」

「ああ」

「昼頃お迎えに来ます」

「えっ」

なぜだ。と言おうと口を開けると、乙は早口で言った。

「これだけは言わせてください。青い鳥があなたを待っているんです」

フロントで鍵を受け取り、部屋に入ると省三は背広のズボンを脱いで半分に折ってハンガーにかけた。靴下と半袖のワイシャツとランニングを脱いで、ブリーフひとつになった。それから浴衣を着てベッドカバーの上に寝ころび、頭に合う位置に枕を直した。固く糊のきいたシーツを引きはがすのは億劫だった。

シングルルームとしては、ゆったりした間取りだった。省三は長い間、旅行に行く余裕もなかった。宿泊出張があるような部署にいたこともなかった。ホテルの部屋に一人でいるのは久しぶりのことだった。

ここでシャワーを浴びて爽やかになったら目が冴えてしまうだろうと思った。オヤジ臭い汗の膜一枚でも身にまとっていなければ落ち着かない気がした。

あれほど眠かったのに、いざ寝ようとするとなかなか寝付けなかった。ただ空調の無機質な音がするだけで、外の音は入ってこなかった。部屋のにおいは、いやな感じではなかったが、省三には馴染みの薄いものだった。

自分が、切手シートからミシン目で切り取られた一枚の切手のようだと省三は感じた。使いそびれて事務机の中に忘れられ、裏面の糊には埃がついている。薄くて頼りなく、形状は同じなのに収入印紙と違って軽んじられる。五十円とか八十円とか百円とかの価値をついうっかり忘れてしまう。

時計を見ると午前四時を過ぎていた。

寝付けないことに苛立って起き上がり、重いカーテンを少しだけ開けて隙間から白みはじめた空を覗いた。眼下には黒々と新宿御苑が広がっていた。まだ太陽の光によって色を与えられる前の、モノクロームの風景だった。

省三はベッドに戻って厚ぼったいベッドカバーを引きはがし、今度は腹ばいになった。

それから八時四十五分にアラームをセットすることを思い出した。役所に休暇申請の電話を入れなければならない。この時期に一日くらい休みをもらったところで、どこにどう迷惑がかかるわけでもない。こういうときこその公務員だ。人様には言えないが。

そもそも、昨日の夕方からうそくさいのだ。

大きく寝返りを打って省三は思った。

何もかもがおかしい。

家に入れないなんて、そんなことがあってたまるか。

消える鍵穴なんて聞いたこともない。

どうなってるんだ。

そして乙とかいう男。占い師だとか言っているが、いんちき野郎に違いない。

しかし、今はどうにもできない。

とりあえずここで休んで、明日は家に帰って鍵穴がどうなっているのか見なければならない。いや、明日じゃなくてもう今日なのか。

今日も家に入れなかったらどうすればいいのか。

「おかえりなさい」

と、内側から扉を開く靖子のイメージが浮かんだ。

もう、二度とそんなことはないのに。

「遅かったじゃない」

と、責めるような口調で言いながらも優しさを押し殺している母もすっかり変わってしまった。母が再び家に戻ることはない。

気持ちの悪い夢を見た。

最初は窓から見た景色だった。汚れた水がうねりを増し、ところどころで濁流を作っていた。表に飛び出すとそこには街も建物も人の気配もなく、ぬかるんだ大地のかなたを野犬の群れが走りまわっている。振り向くと省三が出てきた家はどこにもなかった。

彼はヒステリックに叫んだ。

「もうダメだ、終わりだ」

すると一転、明るい部屋のパイプ椅子に省三は座っていた。どこかのホールの楽屋らしかった。

スピーカーから流れているのか、甲高い男の声がしていた。

その声はだんだんと大きさを増した。

「茶壺にゃフタがないっ！

フタがないっ！

フタがないっ！

フタがないっ！」

どういう意味かわからないが、明らかにその声は省三を愚弄《ぐろう》していると知れた。

「福助が怪しい」

見ると楽屋の畳部分にこちらを向いて福助人形が八体、ずらりと並び、

「フタがないっ!」

「フタがないっ!」

と大声で唱えているのだった。たまらず楽屋のドアを開ければ、その外はホールの廊下ではなく、再びどんよりとぬかるんだ暗い世界だった。

「野犬に気をつけなければ」

そう、飢えた野犬がうろついている。暗くてよく見えないが、そう遠くないところで吠えている。前よりも数を増しているらしい。

人間は見あたらない。人家もない。さっきまでいたホールも消えてしまった。

これでは襲われて野犬どもの餌食になってしまう。噛《か》み裂かれ、切り裂かれてしまう。

「どこへ行けばいいのだ」

目が慣れてくると、錆びた旧式の砲台があちこちに据えつけられているようだった。そのそばに、大動物の白骨化した死骸があった。多分、軍馬だったのだろう。力尽きて倒れ、犬どもに食い散らされたのだろう。

人骨が見あたらないということは、まだどこかに兵士がいる証《あかし》のように思えた。

「じいさんを探さなければ」

軍服を着た母方の祖父が、きっとどこかにいるはずだった。省三がそう思ったとき、荒野に警報が響き渡った。

「戦闘が始まってしまった！」

省三は叫んだ。

警報はいつまでも鳴りやまず、省三は走り出した。

汗びっしょりになってがばと起き上がり、省三はしばらく自分がなぜこの部屋にいるのかと首をひねった。

時計のアラームが鳴り続けていた。

アラームを止め、灰皿を引き寄せた。残り少なくなったタバコを箱から出して火をつけた。ぼんやりしながら、チェックインするまでのことを思い出した。立ち上がって窓を開けようと思ったが、遮光カーテンをかすかに開いただけで日の光が眩しくてやめた。ホテルに泊まるなんて随分な無駄遣いをしたものだ、と思いながら省三はユニットバスに入り、歯を磨いて少し咳き込んだ。それから乱れた浴衣を簡単に直して部屋に戻った。

椅子に腰を下ろし、うつむいて「アー、アー」と低く声を出した。それから鏡に向かっていかにも辛そうな顔を作った。

携帯には誰からの電話も入っていない。

朔矢は心配していないのか、と思うと少し寂しく感じたが、まだ朝早いからかもしれない。

省三は仕事場の直通電話を呼び出した。

「はい、生活文化部です」

桜田ミミが電話を取った。彼女は出勤は早いが、決して早くから仕事をするわけではなく、すっぴんで登庁すると自分の机でコンビニの弁当とサラダを始業までの時間を使って食べ、それから長々とトイレに籠《こ》もって化粧をするのが日課だ。ちょうど今ごろ弁当を食べ終えて、お茶でもすすっていたところだろう。新卒で住民課に入って来た頃から勤務態度は良くないが、陰でこそこそ他人の噂をしたりはしない。そういう意味では、まだ他の連中より気が楽だった。

「富井だけど、おはよう」

「おはようございます。どうしました？」

「夜中から熱出したんで休ませてもらうよ」

「あら、それは大変。なんか特にあります？」

かすかな嫌味がこもるのは誰に対しても同じだ。

「いや、大丈夫」

「お大事に」

笑いの気配を残して電話が切れた。

電話一本という、本日の業務の全てを終えて気が楽になった。あーあ、と大きな声を出して伸びをして、皺だらけのシーツの上に再び身を横たえた。

今度は夢も見ずにぐっすり眠った。


再び目を覚ましたときには十一時を過ぎていた。

思ったほど疲れは残っていない。

ぬるいシャワーを浴びパックに入ったT字の剃刀《かみそり》で髭を剃ろうとして、休みなんだから剃らなくていいか、と思ってやめた。

あの乙とかいう男は昼頃来ると言っていた。

本当に来るのだろうか。

手早く体を拭いて昨日の服をもう一度身につけた。髪には何もつけなくても平気だ。鞄と朔矢からもらったワインの袋を持ってフロントに下りた。

チェックアウトを済ませてソファで新聞を読んでいると乙がやって来た。今日も短パンで、紺地に大きな模様の入ったアロハシャツを着ている。

「おはようございます」

「ああ、昨日はどうも」

「焼きたてのパンはお好きですか？」

「パン？」

「近所にカフェがあるんですよ。ご案内します」

街はとっくに動き始めていた。平日の昼間だから当然のことだが、省三はその光景に強い違和感を覚えた。明治通りには商用車やバスやタクシーやトラックが渋滞を作り、足早に歩いて行くのはいかにも仕事ができそうな、スーツを身にまとい、胸を張った若い男女だった。

足を踏み出すたびに上下する乙のアロハシャツの背中の模様を見つめる省三の胸の内に不安がぶり返していた。

家に帰らなければならないが、鍵穴はあるのか。

気のせいだったと思いたいが本当にあるのか。家に入れるのか。

家に入れなかったらどうしたらいい。なんとかして入るにはどうしたらいい。

朔矢を呼んだら来てくれるだろうか。昨日の調子だと無理かもしれない。

とにかく、駅前のクリーニング屋にためてある背広とワイシャツを取りに行かないといけない。着替えなければ。

だがしかしもしも家に入れなかったら、どこで着替えたらいいのか。パンツやランニングや靴下はどこでどうしたらいい。

俺は一日中背広を着て革靴を履いて過ごすのか。

家に入れなかったら、俺の居場所はどこにあるのか。明日までどうやって時間を過ごせばいいのか。

どうしたらいい。

なんで俺が。

なんで俺がこんな目に遭わなければならないのだ。


乙が入っていったのは、雑居ビルの屋上のカフェだった。ビルの入り口はお世辞にもきれいとは言えなかったが、屋上は公園のように整備されていた。弱々しくはあるが木々が植えられ、芝が張られ、花が咲いている。自然に似せた小さな川も流れている。華やかな色の布で張られたパラソルの下に木製のテーブルとベンチが並び、一見「高原リゾートのよう」だった。いかにも人工的ではあるが、女性やカップルには喜ばれるのだろう。

視察でもない限り、着たきりのスーツに黒い鞄をぶら下げた省三には場違いな空間だった。

ビオトープというやつだ、と省三は思い出した。水辺があるからトンボやホタルもくるのかもしれない。役所の新庁舎を建てるときに、区長の提言でわざわざ部署まで新しく作って屋上緑化を推進していたが、結局は次期区長選が迫っていたことと、予算の問題で中断したのだった。

これはどうやって管理しているのだろう。古いビルだけれど大丈夫なのか。ビオトープというのは土にしても水にしても相当な重量的負荷がある。漏水の問題も乾燥の問題もある。富栄養化しやすいと言われる水質の管理はどこでやっているのだろうか。家の心配から逃避するために省三はビオトープについて思いを巡らしていたが、もちろん深い知識があるわけではなかった。事務方として何度も委員会に出席はしたが、うつらうつらしながら学者や建築家の唱える案を右から左へ聞き流し、あとは予算取りを鑑《かん》みた上で、短い評価のレポートを書いて判子をついただけだった。結局は無駄な仕事に終わった。

乙はバスケットにさまざまな形のパンを盛って席に戻ってきた。

「ドリンクはどうしますか? ここはハーブティーも珍しいのがあるんですよ。自家製でね」

「ふつうの紅茶でいい」

「何か食べますよね。サラダもあるし、スープも旨いですよ。チーズのメニューはそっちです。もっと食べるんでしたら肉や魚もありますけど」

まるで初めて幹事を任された新人のような調子だった。

「いらない」

「そうですか。じゃあ、私だけいただきますね」

「占い師って言ったな」

パンと野菜スープとサラダと魚のグリルをほおばっている乙に、省三は言った。

「占いはデリバリーなんです」

「デリバリーって」

もちろん省三はあらぬ想像をした。

「カフェとか、宴会とかに電話で呼んで貰ってます。たまにホテルにも呼ばれます。結婚式の二次会なんかで」

「出前の余興か」

「そういうことになります」

「食っていけるのか」

「地元の知り合いも多いし、言い方はよくないですが案外世間は金持ちの道楽というのを面白がってくれるものですよ」

金持ち、というのが引っかかった。ますますこの男が何者なのかわからない。

「阿漕《あこぎ》だと思われるでしょうけど、心療内科の隣のカフェでもお世話になってます」

「カウンセリングの後に占いか」

「不謹慎だと思われますか」

「いや」

わからないこともない。病気で心療内科を必要としている人もいるし、病気が原因ではない悩みを病名で解決したい人もいるのだ。会社を休職するための診断書が欲しいだけの人間は役所でも増え続けている。

医者が納得させてくれるとは限らない。体の病気でも、心の病気でも。病名がつけば家族も納得してくれる。しかし病気でなければ診断は出ない。それでも悩みがそこにある限り、占いに頼りたいことだってあるだろう。

人はとにかく原因探しをしたいものなのだ。仕事のストレスなのか、家庭内の不和なのか、前世の行いなのか、それとも方角が悪いのか、宗教的行為の怠慢なのか。

民間療法はもちろんのこと、墓参りに行ったり、水晶を身につけたり、家具の色と配置を変えたり、そんなことで少しでも現状が改善できるなら、なんでもしたいときもあった。

妻が余命三ヵ月と言われたとき……。

どう受けとめていいのかわからなかった。

誰なのかが大事なのだ。こういう理由でこうなのだ、と言ってくれる人がどんな人なのかで満足度は変わる。その人の職業が医者なのか坊さんなのか占い師なのかはケース・バイ・ケースなのかもしれない。

わかってしまった。

この男が確信的な詐欺師なのか、悪気なく人を騙しているのか知らないが、そういうものもあるのかと納得してしまった。

共感さえしてしまった。

「よくわかるよ」

血の繋がった叔父のような口調で省三は言った。

「相談してもいいか」

省三は紅茶のお代わりを頼んでから言った。

「ええもちろん」

「ウソだと思わないで聞いてくれるか」

「大丈夫です」

「昨日の夕方、家に帰ったら入れなかったんだ」

「なるほど」

「鍵はあるんだが鍵穴がなくなった」

「だから困ってたんですね」

「そうなんだ。家に入れなくて新宿まで出てきた。今から帰っても入れるかどうかわからなくて困っている」

「私の考えでは……多分状況は変わってないでしょう。入れないと思います」

「もし、あんたに時間があったら見に来てもらったっていいんだが」

「大丈夫ですよ。様子はちゃんと見えています」

「見えてるって？」

ちょっと待って下さい、と言って乙は目を閉じた。

「……白いドアですね。相当年季が入っています……ドアノブはくすんだ金色……すぐ脇に表札が出ている。縦書きで……左側にポスト、でもそれより詳しいことはまだ見えない」

「知ってて言ってるのか」

「知りません。場所がどこだかもわからない、でも見えるんです。そういうものです」

「なんでこんなことになったんだろう」

「わかりません。何かの意志が働いているのかもしれない」

「意志って何の？」

「わかりません」

「無理矢理、こじ開けられるかな、バールかなんかで」

「それはちょっと賛成できません……今は、その段階じゃないと思うんです」

「じゃあ、どうすればいいんだ」

「いつかは扉が開くはずです。少し立ち入ったことを聞きますが」

「いいよ」

乙は再び目を閉じた。

「……水難……いや違う、水難はずっと前だ、二十五年から三十年前……もっと最近

「……」

省三はぞっとした。父が二十七年前に死んだのは磯釣りに行って高波に呑まれたからである。ぞろぞろと一族で行って普段の父の姿とはまるで違う遺体を確認したことをまざまざと思い出す。見たくなかった。覚えていたくなかった。

乙は大きく目を見開いて言った。

「数年前に身近な方を亡くされましたね」

「この年になれば誰だって身内くらい亡くしてる」

昨夜と同じような言葉を繰り返した。

「もちろん、もちろんそうです。でもひょっとしてそれが奥様だったら、と思ったんです」

「だったらどうなんだ、それとドアとは関係ないだろう」

「待って下さい。どれとどれが関係しているのか、まだ見えないんです。でも昨日声をかけさせてもらったのは」

強い口調で乙が言った。省三は気圧《けお》される形になった。

「私は昔、奥様にお世話になったんです。それで昨日、困り果てた姿で歩いていたあなたを見かけたら気になって、つい声を」

大きな顔が目の前に迫った。その目が血走っていて暑苦しい。

「でたらめ言うな」

「本当ですよ」

「病院か。入院しているときに会ったのか？」

乙は顎を引き、目を落として首を振った。

「ずいぶん昔のことです」

3

「靖子がどうしたんだ」

隠していた服の下の傷跡を指摘されたような気がした。

「私が今、二十八ですから十八年前ですか。東京駅で助けていただいたんです」

朔矢と梢枝の世代ってことか。省三は十八年前の妻を思いだそうとしたが、笑顔は映像でなく何かの写真のものしか浮かばなかった。子供が小学生なのに東京駅？　何の用事で出かけたのか。

「夏休みで、私は名古屋の祖父母のところに行こうとしていました。初めての一人旅ではしゃいで、浮かれていたのがいけなかったんです。東京駅で切符を買おうとしたら財布がなかった。地下鉄には乗れたのですから、地下鉄の中か、大手町の駅で落としたのでしょう。みどりの窓口に並んで、自分の番になって初めて財布がないことに気がつきました。後ろは大変な行列でした。ぐずぐずしていたら待っている人から『何やってるんだ、こっちも急いでるんだ！』って怒鳴られました。それで窓口から外れて隅の方でカバンの中をひっくりかえして探していたら、奥様が声をかけて下さったんです」

「へえ」

「『切符、なくしたの？』と奥様は言いました。『落ち着いて。見ててあげるからよく探してみて』って」

　ああ、靖子の口調だ。よく子供たちの前で、そういう話し方をしていた。楽しそうな声だった。笑うと、輝くガラスの粒がこぼれるようだと省三は思ったものだ。もちろん照れくさくてそんなことは言えやしなかったが。

「奥様はわざわざ地下鉄の駅までつき合って下さいました。それでも財布はありませんでした。このまま家に帰ったらきっと母から怒られるでしょうし、駅で待っている祖父母はがっかりするだろうと思うと、悲しくなりました」

「ふん」

「奥様は私に『どこまで行くの？　お家の人は？』と、聞かれました。私がわけを話すと『じゃあ一緒に行きましょう』と言って、窓口に並んで私に切符を買って下さったんです。たまたま、奥様も新幹線でした。神戸に用事があって行くとおっしゃっていました。それで私と隣同士の席を買って下さったんです」

「わかった。同窓会だな」

「ああ、そうだったんですか。きれいな格好をされてました。私の母なんかとは違って上品で……」

「そんなことはないだろう」

乙は続けた。

「当時でも五千円以上かかりました。知らない子供のためにそんなことをしてくれる人がいるなんて、本当に驚きました。それに……なんというか、その、失礼かもしれませんが私は電車のなかで奥様と親子のふりができるのが嬉しくて」

「んん」

感情を丸出しにする乙を観察しながら、省三は不愉快になる寸前のバランスを楽しんでいた。

「奥様は、私と同じ年頃の子供さんがいるとか、そんな話もされました。羨ましかったです。私は母が嫌いでしたから……。そう、新幹線の中でお金をどうやって返したらいいかって聞いたんです。奥様は、紙にお名前と電話番号を書いて下さって、『お家に帰ってから、電話してちょうだい。ちゃんとお母さんに財布を落とした話をするのよ』とおっしゃいました」

「そうか」

「あんな優しい方には、その後も会ったことがありません。亡くなられたなんて」

乙はぼたぼたと涙をこぼした。

「癌だったんだ。仕方ない」

「奥様には祖母から電話してもらいました。母は借りたお金を返すなんてことはできない人だったからです。奥様は祖母に『お金は、私に返すと思って恵まれない方に寄付してあげて下さい』とおっしゃったそうです。五千円なんて大金をそんな簡単に寄付するなんて私はびっくりしました。どうしたらいいのか、祖父に相談しました」

「ふうん」

「祖父が、こういうときは郵便局だと言ったので、翌日本局に連れて行ってもらいました。それで、その年に起きたバングラデシュのサイクロン被害に寄付することになりました——祖父は伊勢湾台風に遭っていたものですから。そのあと、祖母がもう一度奥様に電話して、私もお礼を言いました」

「うん」

「自分で考えついたことでもないのに私は誇らしくて、宿題にうぬぼれた作文を書きました。救って下さったのは奥様なのに」

「はあ」

もういい、と思った。

靖子にだって欠点はあったんだぞ。言い出したら聞かないところとか、人とすぐ比べるところとか、ときどき腹黒いところとか。

まあ、どこのカミさんでもそんなものかもしれない。そんなものだ。乙は独身なのか知らないが、一緒に暮らしてみなければ女というものはわからない。いや、一緒に暮らせば暮らすほどわからなくなる。わからないまま死んでしまったりもするのだ。

「私が、災害や人の幸不幸について考えるようになったのはそのときからでした」

「それで占い師か」

省三が言うと、乙は顔を赤らめて言った。

「占いは、ずっと後のことです」

「自分の運勢は見たことあるのかい」

「一度だけ。でも、見るべきではありませんでした」

「何が見えたんだ」

「不幸です」

「ほう」

しかし、乙はそこで口を噤《つぐ》んでしまった。

省三は、そろそろ行く、と言って伝票を持って立ち上がった。

「富井さん」

乙が呼びかけた。

「今日も家に入れないと思います。あのホテルは好きなように使って下さい。親戚のホテルなんです」

「親戚？」

「親戚というか、実はその……」

声をひそめて、また顔を寄せてきた。

「私は、妾の子なんです。本妻じゃなくて。でも遺族の温情でいさせてもらっているというか」

妾の子と言われて、北口公園の夜の風景が浮かんだ。妄想の中で和服姿のお妾さんが手をひいて出たのは、色白の娘ではなくてぷっくりとした幼年時代の乙だったのか。

そして、いくらなんでも時代が違いすぎることに気がついた。

乙と別れて電車に乗ると、なんだか困った気分になる匂いがしてきた。しかしそれは懐かしい匂いでもあった。見回しても怪しいものを持っている人はいない。

さりげなく移動するふりをして、次の車両のドアを引くと、連結部分に瘦せこけた老婆がしゃがんできつい目で省三を見上げていた。折れそうな足の間には、フタの開いた守口漬《もりぐちづけ》の樽があって、べっこう色の大根がとぐろをまいていた。

もちろん夢であった。

夢でほっとした。老婆などどこにもいなかった。

景色で、もうすぐ隣の駅に着くところだとわかった。

電車から降りると、省三は駅前のクリーニング屋に寄って預けていた背広と数枚のシャツを受け取った。大きな白いビニール袋に入ったそれらは身につけているときと違って重くかさばって、歩くたびに音をたてた。

鈴木家の自転車はなかった。省三は少しほっとした。ここで会うと大変面倒である。宮沢家の犬が跳んできてフェンス際で吠えつき、長く唸《うな》った。鬱陶《うっとう》しいが、夜ほどには怖くない。

自宅のドアにやはり、鍵穴はなかった。

乙の言った通りだった。

力を込めてドアノブを押し引きしたが、鍵のかかったドアは強固な悪意でもあるかのように開かない。

省三は鍵を手に握ったままため息をついた。家に入れないだろうとは思っていた。しかし、それを確認せずにはいられない。自分の家なのだ。

こんなことをずっと繰り返すのか。

だが、俺ひとりの力ではどうにもならない。

どうすればいいのだ。

立ち去る前にポストの中を見た。数枚のチラシが入っていただけだった。

困惑して家を後にした省三は、近所の図書館を訪れた。「鍵」「鍵穴」という言葉で何か役に立つ本でもないかと思って検索したが、蔵書として見つかったのは、抽象的な意味での「鍵穴」という言葉を用いた人生相談や推理小説ばかりで、役に立たないことは明らかだった。人々は鍵穴が消えるなんて事態に見舞われることはなく、鍵穴から他人の暮らしを覗き見たり、便利な言葉《キーワード》の鍵によって災厄を解決できるかのように考えているのだった。

実用書の棚をうろついていて、防犯対策の本を見つけた。ピッキングについて解説した本だったので閲覧したが、ピッキングだってシリンダーに工具を入れなければできない。鍵穴がないところにはピッキングもない。

やっぱりバールか。バールか。バールか。

破壊するのか俺は俺の家を。母の好きだった白い扉を押しひしぎ、打ち壊すのか。無法者のように。暴徒のように。凶悪犯のように。

省三は、思考を中断してポケットティッシュを探した。昔から興奮すると鼻が詰まる体質だった。

図書館の隣の喫茶店でやっと冷静になり、肘をついてタバコを吸いながら省三は考えていた。

俺は家に入って一体何がしたいのか。

台所に多少のゴミはあるだろう。始末しなければならない。それはよろしい。

普段着に着替える。それもよろしい。靴下もパンツもたくさんある。仏壇の前で手を合わせる。当然のことである。

しかしほかには何を。

無理矢理にでも家に入ってしなければいけないこと、持ち出さなければいけないものが、あるのか。

いなくなった家族たちのにおいがこびりついた家に俺は何を求めているのか。

家とは何か。ただ俺がひとり格納されるだけの装置なのか。

次々に人が出て無人となった家は、そうだ、言うなれば遺跡のはじまりである。小さきパルミラ、小さきカッパドキア、小さきナン・マドールである。

ああ、また鼻が詰まる。

無駄で、退屈な一日だった。

省三は牛丼屋に入り、サラダと牛丼を食べた。

新宿に戻ってデパートに入り、靴下、肌着、ブリーフを二枚ずつ買った。少し迷ったが、ネクタイも替えた方がいいだろうと思って買った。クリーニング屋のガサガサする袋と鞄も持っているので結構な荷物になった。

結局、乙の言った通りに昨夜のホテル・プレクサスに戻った。

「おかえりなさいませ」

フロントの女性は初めて見る顔だった。清潔な雰囲気だが、よく見ると目が少し垂れていて愛嬌がある。髪はきちんと後ろでまとめてあった。

「専務から言付けがございます。新しいお部屋は701号室になります。長期のご滞在になるかもしれないと申しておりました。どうぞご遠慮なくお使い下さいませ」

「専務？」

専務なのか、あいつは。

ひっそりと身を寄せる孤児のようなことを言っていたが。

「大切なお友達と申しておりました。昨晩は存じ上げず大変失礼いたしました」

存じ上げずって、昨日の夜は別の人間が応対したのになあ。女性の胸の名札に〈松木〉と書いてあるのを省三は盗み見た。ふうむ。

「どういう話かよくわからないけど、ちゃんと宿泊料は払うから」

そう言うと〈松木さん〉は慌てた。

「お客様、困ります。宿泊料の方は結構でございます」

慌てた〈松木さん〉の首筋から良い匂いが立ちのぼるようで省三はうっとりしたが、あえてぶっきらぼうに言った。

「だっていつまでいるか、明日チェックアウトするかわからないよ」

「承知いたしました」

どうにでもなれ、という気になった。口元がゆるみ、笑窪まで浮かんでいるのにも気づかなかった。

七階の突き当たりの部屋の鍵を開けると、真新しいキッチンとリビングルームがあり、その奥にベッドルームがあった。トイレは独立して二ヵ所、バスルームはベッドルームの側にあった。立派な仕事机もある。靴を脱いで一回り様子を見た省三は、着ていたものを全て脱ぎ、バスローブに袖を通してみたが、そのまま外に出て行くわけにいかないことに気がついて、足元に脱ぎ散らかした服をもう一度着た。

鍵をポケットに突っ込んだまま足早にホテルを出て、省三は近くのコンビニで烏龍茶とタバコを買った。昨日さんざん飲んだので、ビールは買う気にならなかったが、ホテルというものはどうにも、喉が渇いて仕方がない。帰りにちらりと見たが〈松木さん〉は横を向いて電話中だった。

部屋に戻り、再び服を脱いでランドリーバッグに何もかもを丸めて入れて部屋の外に出した。どのみち明日は金曜日だ。洗濯物は急がない。

しかし、返ってきた洗濯物を着て来週もここから仕事に行くのだろうか。いや、来週なんて遠い将来だ。俺もそうだが未来だって俺には関心がないだろう。

鞄の奥でチャラチャラと鳴っていた着信音は朔矢からのものだった。

「昨日はごめん。家、大丈夫だった？」

「いや、だめだ。今日も同じだ」

「見てないからわからないけどトラブルなんでしょ。やっぱり業者さんに頼んだ方がいいよ。夜でもやってるところあるでしょ」

「それは考えてるんだけれど」

またしてもバールのイメージが浮かんだが、打ち消した。

こじあけるべきではない、その段階ではない、と乙に言われたことがひっかかっていた。もちろん朔矢にそんなことは説明できるわけもない。省三自身も信じていいのかどうかわからないのだ。「その段階」というのはなんだろう。段階を間違えると何か不吉なことでも起きるというのか。奴の言うことはどれだけ当たるのだろう。

「週末に行こうと思ってたんだけど、ブリーダーさんのところに行く約束しちゃって。まあでも日曜だったらいいのか……えっ？　なに？」

受話器を離して、向こうで香奈恵と何か言い合う声が聞こえる。（え？　そんなの今週じゃなくても……ああ、まあその通りだけどさ。でも俺は実家に行くってオヤジに言っちゃったんだけど……待ってよ、ちょっとあとで。電話切ってから）

休日の買い物は朔矢が車を出して嫁について歩くのだった。俺が困っているのに、とは言えなかった。

「ごめんごめん」

朔矢がまた友達に言うように謝った。

「日曜は俺もばあさんのとこに行ってくるから」

朔矢が省三の母のいる施設に来たことは一度か二度しかない。梢枝は一度もない。どちらにせよ、今では省三の母が彼らのことを覚えてはいない。自分がそうなったときに子供たちがどうするのか、省三は考えないようにしている。

「そっか。わかった。オヤジ、どこに泊まってるの？」

ホテル、と言いかけてやめた。

「友達の家だ。単身赴任で東京に来てる」

「単身赴任って？」

「大学の同級生だよ」

「ああ、そうなんだ。よかった。それが一番心配で。じゃあ週末は申し訳ないけど、なんかあったら連絡して」

省三は電話を切った。そして低い声で「役に立たん奴だ」と呟《つぶや》いてテレビをつけた。

家にいたとき、テレビは生活のＢＧＭであり、干渉し合わない同居人のようなものだった。見ても見なくても、別の部屋にいても、ついてなければ落ち着かなかった。テレビは自分が発する以外の唯一の「家の音」だった。なくてはならなかった。しんとした家の中にいることなど、耐えられなかったのだ。

だが、ホテルの部屋で他にすることもなく見ていると、いつも見ている番組のどれもが退屈なのだった。お笑い番組は腹立たしく、グルメ番組は嘘くさく、その後のニュースでさえよそよそしく感じられた。

昨日は頼りたいと思ったが、朔矢の家に押しかけたところで連泊はつらいだろう。タバコもベランダでないと吸えないし、あの嫁が自分の下着を洗濯してくれるわけがない。もちろん一人暮らしの省三は洗濯機に汚れ物を放り込んでスイッチを押すくらいはするが、息子夫婦の家で夜ふけに同じことをするのは切ないではないか。

正月に訪ねたとき、嫁はこう言った。

「お義父さま、トイレは座って使ってくださいね」

何を言われたのかわからなかった。ぽかんとしていると、嫁は説明した。

「立って使われると飛び散って汚いんです。掃除する者の身にもなってください」

なるほど、そういうこともあるのか、と頭では思ったが、まてよと思った。省三が朔矢の家で持ち上げる便座の裏は必ずしも毎回きれいではなかった。省三には自分のことは棚に上げて他人のあらを探す癖がある。

生まれて初めて座り小便をしながら、省三は見知らぬ国に来たような気持ちになった。赤の他人である嫁に下《しも》のことで指図されたことに恥辱を感じた。自分を汚いもの呼ばわりされたようで腹が立った。しかし、今の時代それが常識なのかと思うと心細さを感じた。息子が同じように言われ、座り小便を強制されていると思うと耐え難かった。たかだか小便で複雑な思いだった。

昔の家には小便器《アサガオ》があったな。

靖子の実家も、祖父母の家も、伯父の家もそうだった。あの頃は便所というのは入った正面に小便器があって、それも役所や駅にあるようなのっぺりと縦長ではなく、オバQの子分を思わせるような愛らしい形をしているやつだった。脇の戸を開ければしゃがんで使う和式の便器があって、汲み取りでない家ではハイタンクから水を流すときに引っ張る鎖が下がっていた。トイレットペーパーなんてものはない。ざらざらした四角いちり紙がせんべいの缶か菓子箱にどかんと入っている、そういうものだった。

今はそんな家もマンションもない。ホテルは三点式のユニットバスだ。なぜだろう。スペースが勿体《もったい》ないのだろうか、男一匹が小便をする僅かなスペースが。男たるもの立ってするのが当然、とまでは言わないが、洋式トイレは小便器と比べると的が低くて狙いにくい。そんなことをいつまでも思い出しているのも俺が古い人間だからだろう。

伯父の家のトイレはすごかったな。足元のタイルは見たこともない模様だった。伯父が「アラベスク風」と言って自分で貼ったものだ。

壁にはチチカカ湖みたいな風景のレリーフがどんと掛かっていて、コンチキ号みたいな船が浮かんでいた。むろん伯父が自分で作ったんだが、そのレリーフの上にフランス語が彫ってあった。どういう意味かと聞いたのは中学に入ってからだと思う。

「人間は考える葦である」

と、伯父は言った。そんな格言めいたものは家中にあふれるほどあった。

江戸時代の地図はトイレの入り口だったな。ガラスに入った黒曜石の矢尻の化石は出窓の台みたいなところにあった。

ほかにもいろいろあったぞ。鴨の剝製《はくせい》は玄関にあって来客に向かって歓迎の印に舞い降りるようだったし、南極観測船「しらせ」の旗は帰る客に「また来いよ」と励ましてくれるようだった。

あの家はどうなってしまったのだろう。売ったとか壊したとかいう話は聞かないが、誰かに貸せるような家でもなかったのだ。狭いとか古いとかそれ以前に、あまりにもユニークだったから。

風呂場を覗くとようやくお湯がたまってきたところだった。ホーロー製のバスタブは高級感があったが手触りは冷たく、湯は意外にぬるかった。風呂から出てバスローブを身に纏《まと》ってみると、鏡に映る自分は災害か何かからついさきほど救出されたばかりのようだった。

部屋の中をぐるぐると歩き、遂に省三は、やめていた習慣を再開することにした。デスクの引き出しを開けると、そこに便箋があった。

省三は鞄の中からボールペンを取りだして、眉間にぎゅっと力を入れてから書きはじめた。

「靖子へ
久しぶりだね。また、手紙を、書かせてもらうよ。

こんなふうに書かなくても、おまえは、空から見ていて、俺や、家族の身の回りのことを、何もかも知っているのかもしれないし、完全に無になってしまって、どこにも存在しないのかもしれない。生きている俺にはわからないから、俺は、自分が都合のいいように、おまえが、俺のことを、見守ってくれていると、思うことにしているよ。

奇妙なことに、俺は、昨日から家に入れない。どうしてだか、おまえは知っているかい。もし、できることなら、助けてほしい。わけがわからなくて、おまえにしか頼めない。仕方なしに、ホテルに泊まっているが、いつまでこんなことが続くのか。

その代わりと言ってはなんだが、昔のおまえを知っている、若い男に会ったよ。偶然出会って、ちょっと仲良くなったんだ。朔矢や梢枝と同じくらいの世代だ。そいつが、子供の頃、おまえに助けてもらったとのことだ。おまえは例の、神戸の、同窓会に、行く途中だったらしい。駅で、財布を落として困っていた子供を助けて、名古屋まで、一緒に行ってやったことを、覚えているかい？　そいつは、昨日のことのように、感謝していたよ。

おまえには、そういうところがあったな。自分の子供のシツケ（字を忘れた）は、厳しいくせに、見ず知らずの年寄りの相談にのったり、助けたり、力づけたりするのが、おまえのいいところだった。悪いやつに、利用されるんじゃないかと、心配もしたが、そんなことは、一度もなかったね。やっぱり人徳があったのかね。

朔矢は、香奈恵さんの尻に完全に敷かれているが、仲はいいみたいだ。孫は、無理かもしれないって言ってた。残念だけど、仕方ないな。

梢枝からは、相変わらず音沙汰がない。でも、朔矢とは、連絡をとっているようだ。元気だと聞いたので、心配しないでほしい。

足利《あしかが》の姉のとこは、末っ子の謙ちゃんが、浪人して医大に入ったんで、一段落。あの家も、いろいろあったけど、謙ちゃんが、太一さんの、跡を継いでくれることになって、本当によかったな。

ばあさんは、暴れたり、でたらめを言ったりしなくなった。施設の人に、迷惑をかけなくなってほっとしたよ。もう喋らないけど、歌だけは、覚えていてたまに歌うんだ。不思議なもんだな。家族のことは、忘れちまっても、歌は忘れないなんて。体の方は、なんともないが、年が年だから、いつ何があるかわからない。そのときに俺が家に入れないと困る。

井荻の義兄《にい》さんは、どうしていることやら全くわからない。法事で会ったきり。再婚の話がどうなったかも聞いてない。

こうやって、おまえに、手紙を書いていると、すごく落ち着くよ。前は、手紙を書くたびに、泣いていたが、涙もろくて、自分でも、どうしようもなかった時期は、過ぎたようだ。

明日また仕事だから、今日はこのへんで。

省三」

手紙を書き終えて封筒に入れ、省三は満たされた気分になった。そのままベッドにもぐり込み、自分の呼吸を二度か三度聞いたと思ったら、眠っていたようだ。

目が覚めたときにはもう六時だった。

省三は買ったばかりのネクタイを締めてホテルを出た。

新宿からの下りの私鉄は比較的空いていた。

電車の中には甘酸っぱい香りが漂っていた。省三が見回すと、座席に西洋人が二人並んで座って伊予柑を剝いて食べているのだった。朝食のつもりだろうか。それだけでも奇怪な感じがしたが、しきりと、カマキューラ、イエス、カマキューラと大きな声で言い合っているのが耳に付いた。

なんだ、カマキューラって。

伊予柑のことか。

電車が揺れた。

なんだまた夢か。

夢ではなかった。

目が合うと、西洋人は揃ってにっこり笑って、生ぬるい伊予柑の房を省三の手に押しつけてきた。

電車を降りてからも省三は伊予柑の房を眺めたり、ひねったりしながら歩いたが、そのうちに捨てた。

二十分ほど歩いて区役所に着いた。

「おはようございます」

向こうからコンビニの袋をぶら下げて桜田ミミが歩いてきた。スタイルは悪くないのだが、相変わらず通勤はすっぴんである。

「富井さん、今朝はバスじゃないの？」

「いや、まあ」

省三は口ごもった。

「どこに泊まってたのかなぁ」

「風邪ひいたんだ」

ずる休みをしたことくらい長く同僚をやっていればすぐわかる。

桜田は決して意地の悪い女ではないが、人を小馬鹿にした態度と一言多い性格で、女性職員には好かれていない。食堂でもいつも一人だ。

「なんか見たことないネクタイしてるし」

省三は無視して庁舎に入り、辺りを見回してからエレベーターに乗った。「職員は階段使用のこと」などと注意する輩も中にはいるからである。


休んだ次の日というのは、どうしても「何食わぬ顔」を作ってしまう。そう意識すると、余計自分の顔が気になって力が入るような気がする。

課長の竹下がみんなから嫌われているのは、毎朝誰よりも早く登庁して部下全員の机を雑巾で拭くからである。さりげなく部下の仕事の状況もやる気もチェックされる。物の置き場所が微妙にずれているだけでも、監視されているようでやりにくい。それで何か言うようならともかく、何も言わないところが陰険である。そもそも役所なんかで早くから来て慕われるやつはいない。

省三は竹下の前に立って、おはようございます、と言った。竹下はパソコンから目をそらさず、言った。

「富井さん、風邪ひいたって?」

「すみませんでした。インフルではないそうです。熱も下がりました」

「あ、そう」

やっと日焼けした顔がこちらを向いた。

「ゆっくり休んでくれていいのに」

ご迷惑おかけしました、と軽く礼をして、打ち合わせスペースに並んでいる新聞を取りに行った。

半年先の区民祭では緑化フェア会場という小さなスペースを設け、そこで二、三のイベントを行う。省三の目下の仕事はこの担当だったが、そうは言っても会議も通さずにするべき仕事はそうたくさんはない。予算が十分に下りなかったのだ。余計なことを考える分にはいいが、実行したら予算オーバーになってしまう。区内の文化センターから来ていたメールの返事を書いて、合間に鍵関係のサイトをいくつか見たが役に立つものはなかった。十一時半を過ぎたので地下食堂に下りて、うどん定食を食べた。

午後二時の役所というのは怖ろしく眠いものだ。この眠さは、おそらく民間とは比べものにならないだろう。出入りする者もいないし、課長がいる日は私語をする者もいない。電話さえ鳴らない。皆ひたすら黙ってパソコンに向かっている。

気がつくとパソコンの文字がぼやけたり、頭ががくん、と落ちることもある。はっとして目を上げれば節電で隅の方の照明が消されている。その暗がりを見ると、また吸い込まれそうな眠気に襲われる。誰もが眠いのだ。どこの部署も眠いのだ。この空気を遠心分離器にかけたら、強力な睡眠剤ができるだろう。

三時半からは、市民グループとの意見交換会がある。省三は資料を人数分揃えて軽く見直した。外部の人間と話すのは殆どが課長と次長であり、お膳立てはしたものの省三にとっては楽な会議だ。

ちょっと早いが、喫煙所に寄ってから会議室の鍵を開けに行くか。

あまりの眠さに耐えかねて、省三は席を立った。

人数分のお茶のペットボトルを出してきて、会議室に運ぼうとしていると桜田が手伝いに来てくれた。機嫌がいい日はそういうこともある。

「富井さん、少し痩せた？」

会議室のテーブルを拭きながら桜田が言った。

「いや、わからないけど」

「だめですよ、ちゃんと食べなくちゃ」

「ああ、ありがとう」

省三は、乙が言ったことを思い出した。

「職場にあなたの味方がいるような気がしますが」

そんなものはいないだろう。

省三はそう思ったのだ。

まさか桜田じゃないだろうな。

別にどうしようってわけじゃないんだから、もう少し若い子の方が――

「じゃ、私戻りますね」

省三は桜田の横顔に目をとめた。ただの黒縁のメガネだと思っていたが、ツルの部分に口紅と同じ濃いバラ色のアクセントが入っている。

「桜田」

「はい？」

「そのメガネ、新しく買ったのか？」

「やだ、もうずっとしてますよ」

桜田は笑った。いつもなら辛辣《しんらつ》な一言が加わるところだが、今日はなかった。

「そうか」

この女、メガネを外したらどんな顔になるのだろう。

打ち合わせを終えると終業時間だったので、すぐに役所を出た。家には戻らず、また新宿に出てホテルへ向かった。フロントは松木さんではなかったので少なからずがっかりしたが、顔には出さずにできあがったランドリーサービスの袋を受け取った。乙から食事をしたいという伝言が入っていた。

4

ホテルの前まで迎えに来た乙は、グレーのスーツを着ていた。一瞬ナフタリンのにおいが漂ったような気がして葬儀の場面が浮かんだが、慌てて打ち消した。乙は省三を見て、

「似合わないですよね」

と、笑った。

「いや、金持ちに見えるよ」

省三は言った。それは嘘ではなかった。

「占いの仕事はいいのか」

「ええ。今日は大丈夫です。どこに行きましょう」

「高級じゃないところがいいな。総菜みたいなものが食べたいんだ」

「承知しました」

乙はそう言うと、待たせていたタクシーの窓を軽く叩いた。慣れた仕草だった。省三の後に乙が乗り込むと、その重さでぐっとシートが下がった。

下落合《しもおちあい》の駅に近い通りを曲がったところで車を降り、小さな店に入った。品のいい老女と従業員らしい女性が穏やかに二人を迎えた。老女は乙のことをよく知っているようだったが、余計なことは何も言わなかった。

小さな座敷に上がり、瓶ビールを持ってきた老女に省三は言った。

「りんどうと一緒に活けてある枝は馬酔木《あせび》かい？」

老女は人の良さそうな顔でほほえんだ。

「はい。馬が食べると酔っぱらうなんて言いますけど、どうなんでしょう」

「毒があるとも言うね。でもおもしろい枝だ」

乙が感心したような顔をした。

「詳しいんですね」

「いや、詳しくはない」

細身のグラスを軽く上げて乙は言った。

「乾杯です」

「ああ、乾杯」

二人で静かに酒を飲むのは実のところはじめてだった。しかしこれが最後だということも、省三にはうすうすわかっていた。

さんまの塩焼きと筑前煮と白和えを頼んでから、省三はタバコに火をつけて、

「いい店だ」

と言った。まだ何も食べていないのに満足していた。

「井伏さんが来てた店というのもこんな感じだったよ」

「井伏さんって」

「井伏鱒二だよ。この辺りじゃない。どこだったかな。中央線か総武線沿いだ。井伏さんは荻窪だったから」

「そうですか」

「感じのいいおばあさんがやってる店で、すき焼きがうまかった。格式張った店じゃなかったから俺なんかでも入れたんだ。昔の話だけど」

「今でもやってるんでしょうか」

「多分ね」

役所に入ったばかりの頃、父が連れて行ってくれた。滅多に外で飲まない父となぜ二人だけで行ったのかは覚えていない。井伏さんが来たら紹介してやると言われて、楽しみだったが遂に現れなかった。縁がなかったのだろう。井伏さんは父よりずっと長生きした。

「富井さん、話があるんです。いいですか」

「ああ、いいよ」

省三はそう言って脂ののったさんまの身をほぐし、口に運んだ。何か話があるのはわかっていた。身の上話の続きか、打ち明け話の類だろうと省三は踏んでいた。

だが乙は言った。

「富井さん、少しの間、東京から離れた方がいいと思います」

「え？」

「あそこにいない方がいいです」

「どういうことだ」

予想外のことを言われて省三はむっとした。

「あんたが、あのホテルにいていいって言ったんじゃないか。都合が悪くなったから出て行ってくれってことか」

「そうじゃありません。私としてはもちろん、いつでもあのホテルはお使いいただきたいんですが、違うんです。わかってしまったんです。今朝わかったんです」

「わかったって何が」

乙は卓の向こうから大きな顔を近づけ、声をひそめて言った。

「よくないことが起きるんです」

「よくないこと？」

「……うまく言えません。ですが、あそこにいるのは危険なんです」

「テロでも起きるって言うのか」

乙は難しい顔をして首を振った。

テロでなければ事故か、犯罪だろうか。

省三はビールを飲み干し、冷酒を頼んだ。

「俺だって帰れるものなら家に帰りたいよ。まだだめなのか？」

「ずっとということではないと思います。どう言ったらいいのか……そう、雨宿りの時期なのかも……」

出て行けと言いながら、そんな暢気《のんき》なことを。

「その雨宿りで借りた軒先を追い出されるんじゃないか」

「いや、本当にその通りですね。すみません。もちろん、どこにいるかは富井さんが決めることです。ただ、わかってしまった私がそれを言わないのも卑怯だと思って……言い方も良くなかったです。気を悪くされましたね。申し訳ありません」

「俺が出て行ったとして、あんたはどうするんだ」

「私には何もできません」

「何もできないって？」

省三は声を荒らげた。

「知ってはいけなかったんです」

「だけど知った以上……中身がなんだかわからんが、最善を尽くすっていうのが筋だろうが」

「違うんです」

「なにが」

「知る以上は、知っても何もしてはいけないんです」

「そんなバカな話があるか。あんただって多少は責任のある人間だろう。何もせずにただ手をこまねいてたら……ほかの人はどうなるんだ」

乙は料理に全く手をつけていなかった。おしぼりを握りしめ、何かをかみ殺すように低い声で言った。

「人間の責任というのは、結果から発生するんです」

「誰が言った」

「私がそう思います」

「それは、あんたが何かを予測できても責任放棄していいってことか」

「そうではないです、でも……」

「あんた、筋書きでしか行動できないのか」

「筋書きというのを、運命と言い換えていいのなら、その通りです」

「だったらなんだ。そんなに大したものなのか、あんたの言う運命なんて」

「自分に関わる筋書きを知ってはいけなかったんです。私は運命論者です。それで占い師なんかになったんです」

「妄想の可能性もあるんだろ」

「それは、そうです。当たるとは限らない。でも私は」

「運命論者だから運命に魂を売った。その立場上妄想とは言えない……」

　省三は吐き捨てるように言った。

「本当に、その通りなんです。売ってしまった魂はもう、自分の思い通りにはできないんです」

「じゃあなんで俺に教えた」

「そもそも、私が声をかけなければあなたはここにはいなかった。それは間違いありません」

「ここにいなくて、どこにいたんだ。家に帰れたのか？」

「知りません」

「それじゃ、なんだ、俺は例外か。筋書きの外ってことなのか」

「その通りです」

「俺だけか」

「そうです」

　丁寧ではあったが、乙の態度には強いものがあった。この男は自分を見殺しにしようとしている、と省三は感じた。だが俺はこいつの言った通りに、こいつの言う「運命」の通りに動くことしかできないのか。それは俺が何もできないと言われているのと一緒じゃないか。

　ましてそれが単なる妄想だとしたら、放り出された俺はただ損をするだけじゃないか。

右手がタバコの箱を探していた。

「俺は一体どうなる……」

「富井さん」

乙は言った。

「青い鳥を探して下さい」

ばからしい。

前にもそんなことを言っていた。そんな戯言《ざれごと》を。喉の奥が熱くなった。

手をつけてなかった冷酒をぐいとあおった。

「俺はもうそんな話、聞きたくないんだ。よくないことだと？　そんなのたくさんだ」

省三はそう言ってため息をついた。死んだ人のこと、これから死ぬ人のことを考えない日があるだろうか。自分の過去にも未来にも、続くのは身内や知人の葬列ばかりのように思えた。それ以外に何も起きないような気がしていた。

「そうですね。もっと楽しい話をしましょう」

乙も大きく息をついた。彼の声は美しく、目は潤んでいた。

「思い出話でもかまわないか」

「もちろん。ええ、どうぞ話して下さい」

「靖子は、あれで結構腹黒いところがあった」

「ええ？」

乙の表情が僅かに明るくなった。

「両隣の家との隙間に粗大ゴミを溜めこんだのは靖子なんだ。明け方にこっそり、少しずつ出していったんだ。俺は見て見ぬふりをしていた」

「なぜですか？」

乙はおしぼりを開いて顔を拭いた。

「近所ではおふくろのせいになっていた。おふくろはもともときつい人だったし、惚《ぼ》けはじめてからは近所にも迷惑かけたからな。靖子は自分のものまで隣から見えやすいところに捨てた。姑は意地悪で旦那は頼りにならない、かわいそうなお嫁さんだって言われていたみたいだ。まあ、靖子が死んでからは俺も同じようにゴミを捨てたから結局俺のせいだな。今じゃ足の踏み場もない」

「なんでそんなことしたんですか？」

「わからんよ。嫌がらせだろう。でも、何も言わなかったし、態度でもわからなかったんだ。今でもわからない」

「ストレスかもしれないですね」

「まあ、今で言うとそうか。ストレスは理由の万能選手だからな」

「奥様は同窓会によく行かれたんですか？」

「一度も欠かさなかったなあ。ひょっとしたら好きな男でもいたのかね」

「心当たりがあったとか」

「いや。そうじゃない」

靖子は東京で一切の関西弁を封印していた。しかし、それが何かのはずみ――実家や友人たちとの電話――で生き生きとこぼれ出すとき、省三は疎外感と同時に憧れのような気持ちも抱いたものだ。

「あいつも大変だったんだろう。ばあさんのことでも、ほかのことでもいろいろと」

「そうでしたか。でももう今は」

「そうだ。今は安らかだよ。ときどき起きて小言を言われるような気がすることもあるけどな」

乙は大きなほほえみを浮かべると、言った。

「富井さん、熱燗《あつかん》にしませんか」

「ああ、いいけど」

たわいない話をぽつぽつとするうちに酔いが回り、トイレに立った省三は前と同じことを考えていた。

やはり乙とは靖子の病院で会っていたのではないか。この世の人間などではなく、元気に病棟を歩いていたのにある日突然亡くなったあの入院患者なのではないか。

土曜日の昼前に、省三はホテルを出た。着替えなどの荷物は置いたままだった。

「行ってらっしゃいませ」

と、笑顔で見送ってくれた松木さんに何も言えなかったのが心残りだった。こんなに感じのいい娘が、何やらよくわからない出来事に巻き込まれて悲しい思いをするのかと思うとたまらなかった。しかし、省三自身が信じていないことを言っても説得力はないだろうし、連れ出すわけにもいかないだろう。

せめておどけて、形のいい耳元で歌ってやりたかった。

シネマ見ましょか　お茶飲みましょか

いっそ小田急で逃げましょか

松木さんを連れて……小田急といえば、箱根か。

あの歌は下品だと言って、母はひどく嫌っていた。

明治通りの狭い歩道を新宿に向かって歩きながら、省三はあちこち見回した。警官もいなければヘリも飛んでいない。

空は曇っていた。

世の中に変事が起きる気配はなかった。

もう乙に会うことはないだろう。たまたま横切った変な舞台を俺は下りてしまった。

けれど、どこに行くのだ。何をするのだ。

昔は新宿に行くともなれば、寄らなければならない場所がたくさんあった。自分が欲しい本もあれば、靖子が見てくれと言っていた電化製品もあったし、子供たちの誕生日やクリスマスのプレゼントも買わなければならなかった。母の日もあれば手土産もあった。それらは地元の商店街では揃わず、新宿のあちこちの店舗に散らばって存在していて、たまの休みに出てきたって到底手が回らなかった。

今や省三に欲しいものは何もなかった。頼まれたものもなければ、頼む人もいなかった。

目的がなかった。

省三は長く保護されて野生に戻れない鳥のようだった。南口の駅頭が以前のように空白だらけの場所だったら、もっと長い間そこに佇《たたず》んでいただろう。

母のところには日曜日に行こうと思っていたが、予定がない以上繰り上げるしかなかった。JRで川崎駅まで行き、バスに乗り換えた。

バスを降り、いつも違和感を覚える風景に足を踏み入れる。

一見中層マンションにも見える施設の外装はまだ新しく、ロビーや食堂は明るい光に満たされている。その嘘くさい明るさの中を抜け、エレベーターに乗って省三は母の部屋を訪れた。

「こんにちは」

「…………」

「お母さん、元気でしたか」

「…………」

「変わりはなさそうですね」

「…………」

「昼ごはん食べました？」

「…………」

まだ新しい建物の中で、省三はいつも時間の逆行を感じるのだ。見たことのない母の娘時代には、ずいぶん遡った。そうかと思えばつい十数年前のことが出てきたりした。今ではもう、母は暴れることもない。間違えることもない。母は自分からは一言も喋らない。自分で会話の文章を作成することができない。ごくたまになにかの単語を復唱するだけだ。最後に笑ったのはいつのことだったか。そしてそれが本当に最後の笑いだったのか。こちらの言うことは聞こえているのだろう。見慣れない、澄んだ目で瞬きをする。しかし意味を理解しているのだろうか。母の表情は動かない。

母の居室は、母の部屋でありながら、全くそれらしくなかった。

白い壁、クリーム色の床、オレンジ系のカーテンを眺めても、母の趣味を思わせるものは何もない。足利の姉が額に入れたいくつかの家族写真（昔の写真と比較的最近の写真）がベッドに横たわったまま見られる低い位置に飾ってあるだけだ。本人が散らかすことがないのだから、靖子が丁寧に分類してラベルを貼ったり、付箋をつけたりした私物は木目の扉のついたクロゼットに運び込まれ、しまわれたときのままだ。

この部屋には黒いものが何もない、と省三は気づく。

小さかった頃から省三が思う母の色というのは「黒」だった。真っ黒に染めた髪、真っ黒な靴、真っ黒なハンドバッグ。普段も黒いカーディガンやスカートを好んで着ていたし、祝い事があれば黒留袖を着た。それらは、戦場を暴れ回った母の先祖の武士たちの甲冑《かっちゅう》の色や、軍馬の毛色と重なった。

だから今、母が若い女性の住むような色合いの部屋で薄いピンク色の介護用寝間着を着て毛布の中にいても、それが病室ではなく母の居室だということに違和感がある。

同居していた頃、母の寝室は奥の和室だった。持ち物は押し入れに、服と着物は古びた簞笥に入っていたが、布団を上げてしまえばそこは母の部屋というより、単に「父の遺影があって母がいることが多い部屋」でしかなかった。そこは「孫が占領する部屋」でもあって、梢枝は少女漫画の付録をもって入り浸り、朔矢が腹筋運動をしていることもあった。時折母が焚くお香の匂いを、なぜか子供たちは好いていた。

もう何年も省三は父だと思われていた。

「お父さん」

まだ話ができた頃、母はそう話しかけたものだ。

「はい」

「義男は学校？」

「ええ。義男はがんばってますよ」

どの学校のことだかわからないから、省三はそう答えた。

「そうなの」

本当のことを答える意味はない。

義男はアメリカに行ったきりですよ。甘やかしすぎたって後悔していたじゃないですか。僕らにだって連絡なんか来ませんよ。

母が振り返っていたのは美しい時代のことばかりだった。途中の苦労は省三や靖子、足利の姉の人格とともにすっぽりと抜け落ち、忘れ去られた。残ったのは娘時代と夫と末の息子のことだけだった。

だが省三は、母の猜疑《さいぎ》と徘徊と繰り言と失禁の歴史を忘れることができない。それに家族が振り回され、誰もが疲れ果てていた。省三は家にいれば泥棒と罵倒され、夜中は起きて徘徊する母を追いかけた。靖子も精神的に極限まで追い詰められていた。

「みんなそうなるのよ。あんただって」

と、足利の姉は言った。

「俺はイヤだ」

「大変なのよ、死ぬってことは」

「逆だろう。死なないということが大変なんだ」

開業医である姉の夫は何もせず、外では浮気を繰り返した。上の娘はとっくに結婚し、離婚もした。姉は義理の両親を看取り、遅くに生まれた息子を育てた。息子は何度かの浪人の末ようやく医学部に入学した。苦労の末に姉は達観と初老の気配を手に入れた。姉も東武線から乗り継いで月に一度は川崎まで来ている。まだ言葉が話せた頃は母に、「前にもお会いした？」「看護婦さんのお友達？」などと言われていたそうだ。

しかしもう、全ては済んだ話だ。

母にとって全ては済んだのだ。

エピソードは失われた。理屈や辻褄《つじつま》は消え去った。

母に来年の夏が来るのかどうかはわからない。いつまで歌が歌えるのかもわからない。今の母がどんな段階にいるのか。母の死はずっと前から自分の中で用意していることではあるが、とにかくわからないのだ。

話すことがなくなり、笑うこともなくなり、最後に残ったのが歌だった。

「お母さん、また歌を持ってきましたよ。かけていいですか」

反応はないが、CDプレイヤーの再生ボタンを押した。

歌だけはよく覚えている。弱々しいが歌詞も発音し、音程もそれなりにとれる。かつての母は流行歌を嫌っていたので、省三が持ってくるCDは小学唱歌と童謡のみである。

月の砂漠、椰子《やし》の実、みかんの花咲く丘……

歌う歌も反応を示さない歌もある。

卯の花の匂う垣根に
時鳥《ほととぎす》　早も来鳴きて

「夏は来ぬ」の上下する旋律の美しさに省三は心を打たれた。母は見事にこなしていく。空調の効いた建物から出ない母は、夏が終わったことを知らない。「きざみ・とろみ食」に野菜や魚を見つけて季節を目で楽しむこともできない。暑中見舞いや年賀状などの便りをもらうこともなく、テレビCMの背景の変化に気づくこともない。

だが、母は歌詞をよく覚えていて、歌っているときは表情も明るいような気がする。

一緒に歌おうとする省三は、息が続かない。二番が終わって、CDは別の歌になったが母は歌い続けた。

橘《たちばな》の薫るのきばの

窓近く　蛍飛び交い
おこたり諌《いさ》むる　夏は来ぬ

プレイヤーを止めた。母は五番まで歌った。

「すごいな。よく覚えてるなあ」

省三は言った。彼は二番までしか知らなかったし、二番の歌詞でさえあやふやだった。脳のどこに、こんな記憶が残っているのか。ひょっとしてこの歌には何か大事な意味でもあったのか。「椰子の実」を聞いたときにもそう思ったが。

俺じゃなければもっとおふくろの言いたいことだってわかったかもしれない。俺じゃなければ。多分、おやじだったら。

記憶が間違っていなければ「夏は来ぬ」の作詞をしたのは歌人だった。佐佐木……佐佐木信綱だ。

おやじは一度くらい会っているのかもしれない。それでおふくろも何か名前に親しみのようなものを持っているとか。今となってはもう、わからないが。

おやじは学者だった。国語辞典の編纂《へんさん》を長いことやっていた。大学で教えた時期もある。真面目な人だったが、ときどき人をくすりと笑わせるような短い冗談も言った。

「武家の娘だから」

というのが、母の口癖というよりはたまに口をついて出る本音だった。母方の祖母も厳しい人だった。そして料理が下手だった。料理は「ネエヤさん」がするもので、「おふくろの味」なんてものはなかったのだと母は言っていた。それは日本が戦争に負けたのと同じくらい「仕方ないこと」だった。

「平民のくせに」

何の喧嘩だったかは忘れたが、腹立ち紛れに父に向かってああ言ったのは、本当は靖子へのあてつけだったのかもしれない。

だが、そうだ、義男が学校の歴史で鎌倉時代のことを習ってきて、お母さんの先祖は清和源氏なんでしょと言ったときのことだ。父は珍しくにやりと笑って、

「お母さんの言う歴史の話はな、あれは六割嘘だ」

と言った。突然母を否定されて義男は戸惑っていたが、省三はなんだかすっとするような気がしたのだ。

家の近所には学習院女子に通う友達がいて、彼女は宮様のご学友だったというのが母の自慢だった。この話は、母が惚けてから何度も繰り返された逸話の一つだった。母自身は、学習院ではなかった。父がよく、

「東洋英和のためならばー」

と、軍歌の替え歌でからかっていた。母に無理を頼まれたり、荷物を持たされたりす

るときの歌だった。東洋英和出身の母のためなら命が惜しくないはずが、どうしても、と遊び人の作家に誘われて慣れない磯釣りに行ったばかりに、釣ってくるぞと勇ましく出かけたばかりに、つまらない死に方をしたものだ。ああ、実につまらない死に方だった。

「東洋英和の歌」は、父がはじめた替え歌ではなく、諧謔家《かいぎゃくか》の伯父が父に教えたものだったという。母は戦争に関することでそうやってちゃかされるのをひどく嫌った。職業軍人だった母の父を揶揄《やゆ》されるような気もしただろうし、彼女自身軍国少女でもあった。あの時代は殆どの人がそうだったのだ。終戦で裏切られたのだ。一つ上の世代の伯父はわざとそういうことを言うのが好きだった。自分が兵隊に行ったときの話は絶対にしなかったが、省三たちが遊びに行けば戦前のおかしな話はたくさんしてくれた。

伯父は十年ほど前に脳梗塞で亡くなった。元気な人だったから誰もが信じられない思いだった。

あれが、母や靖子と一緒に出た最後の葬式だった。母は物忘れこそあったが、誰もこれほどの病気の始まりだとは思わなかった。靖子だって元気だった。

義男は既に音信不通だった。ずいぶん前にもらった番号に電話をしてみたが、聞き慣れない呼び出し音が鳴るばかりだった。呼び出し音の向こうの景色や音声は想像がつかなかった。

伯父は一族のあの世代で最後まで生きていたのだ。伯父と父はもともと六人兄弟だったが、子供の頃に二人が亡くなり、戦後に一人亡くなり、父と年が近かった伯母も省三がまだ小さい頃に亡くなった。

葬式は、父の時と同様に神式だった。お経がないのであっさりと終わった。

その後しばらく、鎌倉の家には伯母が一人で住んでいたが、後に再婚した。変わり者の伯父に優しく寄り添っていた伯母が一人で悲しんで暮らすのを母でさえ気遣っていたから、反対する者などいなかった。今でも年賀状は来るが、それきり会ったことはない。

伯母さんはどうしているだろうか。元気だろうか。

そう思うが、伯母には伯母の暮らしがあるのだろう。

あの家はどうなっているのか。

見てみたい、と思った。


眠っている母が細い声で呟いた。

「みず」

それが久しぶりに聞いた母の言葉だった。省三は慌てて吸い飲みに手を伸ばしたが、母は眠ったままだった。

夢の中の母の姿がちらりと見えたような気がした。母は山に棲《す》む若いけものだった。耳を澄まして一瞬静止したかと思えばしなやかな動きで跳躍《ちょうやく》し、緑の草の中を軽やかに走っていく。決まった家など持たず、いくつもの峰に隠れ場所やおいしい草の生える場所、そして沢や湧き水の在処《ありか》を知っている。そこへ行けばいつでも岩の裂け目から滴《したた》り落ちる冷たい水を飲めるのだろう。

或いは母は、秋の野菜畑の端に咲く、ひときわ背の高いダリアに生まれ変わろうとしているのかもしれなかった。そのとき、もう母の色は武家を思わせる黒ではないだろう。鮮やかなオレンジやピンク、紫の壮麗な花となるだろう。豊かな土地に根を張ってはいるが、幾重にも重なる花びらを持つ大輪の花を咲かせるためには、もっと水分が必要なのだ。

エピソードは失われた。理屈や辻棲は消え去った。

省三は立ち上がった。パイプ椅子が音をたてて後ろにずれた。

「お母さん、また来ますから」

母は浅い眠りから醒め、返事のつもりでもないだろうが命の残りを数えるような咳をした。

5

川崎から京浜東北線に乗ってしまった省三は、すぐに東海道線に乗らなかったことを後悔することになった。省三の目は、鶴見から乗って隣に座った若い女の膝の上に釘付けになっていた。

そこで、なにかがうごめいていた。

やがてその「なにか」は、フタのないトートバッグからピョコンと顔を出し、あたりを見回した。犬だった。目と鼻の位置がやたらと近く、白い顔の左右にはおかっぱ頭の中年女を思わせるような灰色の耳を垂らしたシーズー犬だった。

犬というのは腐りかけの果物のようだ。触れれば指が濡れ、柔らかい皮は果肉からずるりと剝けてしまいそうだ。今食え、すぐ食えと甘いにおいを押しつけてくる。しかし省三にとってそれは攻撃的な腐敗臭である。

省三は、苦々しい顔で女の膝の上から顔に目を移した。服装は若かったが、三十代、どうかすると半ばだ。見なければ良かったと思った。

だが女は大げさにあごを引いて、あら、見ていたんですか、と言いたげな反応を示した。そして、膝の上の犬の頭を撫《な》でて、誇らしげかつ挑戦的な笑みを向けた。何を見当違いな。俺は警戒しているんだ。もしもそいつが暴れ出したらどうしてくれるんだ。

どんなに嫌おうが省三の方が犬より相当に不利である。吠えなくても嚙まなくても人の顔を舐めたりしなくても嫌われるのは一方的に五十八歳の男なのである。

どこからどう見ても俺はオヤジだ。しかしながら、オヤジとじいさんの境目というのは一体どこにあるのか。オヤジが何を乗り越えればじいさんになるのだろう。

きれいなオヤジというのは珍しいが、きれいなじいさんというのはそこかしこにいるものだ。女性にかわいいと慕われるじいさんもいる。昔の俳優なら笠智衆《りゅうちしゅう》だな。適度に脱力していながらも人に迷惑をかけるほど弱ってはおらず、達観しているが面白みが感じられ、枯れている分だけ不潔感がなくて、毒があっても却ってそれが魅力だったりする——つまり、じいさんというのは気の利いた存在だ。

それに引き替えオヤジというのは気の利かないことこの上ない。よかれと思って余計なことを言い、余計なことをするのがオヤジの身上と言ってもいい。頑固で傍若無人で怒りっぽくて、脂ぎっていてニンニクやホルモンや酒やタバコが大好きなのに陰では加齢臭を死ぬほど気にしていて、ひがみっぽくて卑屈で、威張っているくせに体力気力に自信がなくて、酒癖が悪くて酔っていなくてもしつこくて、だからみんなに嫌われる。全部が全部俺のことじゃないが、八割方は当たっているだろう。俺だってそのくらい自覚してるともさ。

残念ながら俺はきれいなじいさんになれそうにない。死ぬまでオヤジなのかもしれない。

じいさんとオヤジの違い、それは煩悩《ぼんのう》の有無であろうか。

俺には煩悩がある。あるともさ。若くてきれいな女が好きだ。媚びてもいいから若い女と一緒にいたい。ちょっとくらいは触りたい。だがそれで人生を転覆させるほど愚かではないし、そもそも金も地位もない自分が若い女にちょっかいを出したところで、相手になんかされないことなど百も承知だ。どんなに酔っていても、そのくらいのうっすらとした諦めはある。

いかに想念をじいさんとオヤジの違いに向けていても、隣の席の犬がもそもそと動くたびに省三は不安と脅えを感じるのだった。

何をされるかわかったもんじゃない。

早く降りてくれないものか。

なんで犬なんて電車に持ち込むのだ。殻付きの牡蠣《かき》みたいに木箱に閉じ込めて釘でも打ってくれればまだしも、どうしてむきだしにしておくのだ。

「クフン」

犬が鳴いた。

「あんた、その犬」

省三は感情を押し殺した声で言った。

「は？」

「ちゃんとフタがしまる箱に入れなくちゃ危ないじゃないか」

女は言った。

「そんなの苦しいでしょ？　かわいそうじゃないですか。人間がされて嫌なことはこのコだって嫌なんです」

「電車の中には犬嫌いだってアレルギーの人だっているんだ。人に迷惑かけたらどうするんだ。いきなり飛び出して嚙みついたりしたらあんた、責任取れるのか？」

「だって迷惑かけてないですよ。それに、ウチノコは躾ちゃんと入ってるから大丈夫なんです」

「ウチノコだかツチノコだか知らんが、首輪だってしてないじゃないか」

いや、その前に「ウチノコは躾が入ってる」というのは全体、どういう日本語なんだ。最近の流行なのか。

女は顔を犬に近づけて言った。

「ねえ？　イヤなオジサンねえ。ココちゃんは首輪もオジサンも大嫌いなのよねー」

「好き嫌いじゃないだろう。迷惑だと言ってるんだ」

「イヤなら自分が降りたらいいじゃないですか！」

女が大きな声を出したので、乗客の目が一斉に省三と犬に注がれた。すかさず何か壊滅的なことを言いたいと思ったが、その一言が浮かばなかったので省三は顔をそむけた。

同じ犬でもえらい違いだ。こんなちんちくりんが犬だとしたら、ジャンは一体なんだったんだろう。

鎌倉にいたジャンはれっきとした猟犬で、誰もジャンのことを人間扱いすることなんてなかった。俺が行けば長い尻尾を振りながら近づいてきた。遊んでいるうちに興奮して飛びかかってきたら怖いと思ったけれど、そんなことは一度もなかった。そうっと顔を近づければ日なたの匂いがした。

イングリッシュセッターだったから図体《ずうたい》はでかかったが吠えるのを聞いたことがない。頭が良かったのか悪かったのか、考えることもなかった。それが犬というものだと思っていた。

人間たちが中で談笑しているとき、ジャンはうつらうつらと日なたで寝ていた。伯父が外に出ようとすればむくりと起き上がり、真っ赤な（伯父本人が言うところの）ラッタッタのステップにきちんと座って全身これ期待といった面持ちで待っていた。待つのが犬の仕事であるということを、あいつはよくわかっていた。ラッタッタに犬を乗せて材木座海岸へ行き、砂浜で走らせるのが伯父の日課だった。

だが伯父は、こんなことを言って苦笑いしていたこともあった。

「猟に連れて行くだろう？　犬ってのは当たったかどうかすぐわかるんだ。それで三発当たらないと『もう帰りましょうよ』って顔するんだよ。犬にがっかりされると人間ってのはムキになって、いつまでも粘るんだけど、これが全然ダメなんだな。そういう日はその後も一発も当たらない。犬のやつは帰るときになって『やれやれ』ってあくびなんかしやがるんだ」

ジャンの毛色は白に茶色のぶちだった。耳は茶色く、顔にはそばかすのような小さな斑点がたくさんあり、外国人の女のようだと省三は思った。獲物に傷をつけずに咥えるために垂れ下がった唇は鶏もも肉のように重く、中のピンクの口蓋《こうがい》と鋭い歯を見るためにその唇をめくっても嫌がりもしなかった。基本的には俺は犬をそうっとしておきたかったし、犬も俺をそうっとしておいてくれた。伯父が還暦を境に猟をやめてからはジャンも引退して優雅な生活を送っていた。

いつから犬が嫌いになったのか。それははっきりしている。

二十代の頃、つき合っていた女の子がきっかけだった。英文タイピストという職業の響きが眩しかった。

思い出すとちょっと惜しいほどきれいな子だった。

九品仏《くほんぶつ》の実家に住んでいて、キャンディとかいう陳腐な名前のマルチーズを飼っていた。これがまあなんとも生意気な犬だった。座敷犬でさんざん甘やかしたもんだから、自分のことを途方もなく偉いと思っているちびだった。ひとたび気に入らないとなれば飼い主の言うことなんて全然聞かない。俺なんかが行くと吠えて吠えて大変だった。電話で彼女と喋ったって犬が後ろでうるさいんで切らなくちゃいけなかったほどだ。

最悪だったのは彼女がその犬をデートに連れて来たときだ。俺はやめた方がいいと言ったのだが、「お家で一人にしておくのがかわいそう」と言って聞かなかった。俺はその日友達の兄貴から新車のカペラを借りて来て、海を見に行こうなんて言っていい気になってたんだが、俺と同じくらい犬も気にくわなかったんだな。最初から騒いだり唸ったりしていたが、一時間も走らないうちに後部座席をびりびり食い破りやがった。彼女は犬に罪はないと言って笑ったが俺は青ざめた。結局友達の兄貴には平謝りして弁償金も払ったのだと思う。俺の面子《めんつ》は丸つぶれだ。

彼女の両親が旅行に行った隙に家に泊まったときのことだ。犬は飼い主を守ろうとして大騒ぎになった。それでもなんとかやることはやって疲れ果てて眠っていたら、犬がベッドに上がって二人の間に割り込んできた。裸の尻に嚙みつかれたショックときたら！　あれが決定打だった。俺は逃げ出して、後から逆上した。

犬さえいなければ、あの子とくっついていたかもしれない。ちょっとワガママだったけれど、おっぱいもでかかったし、色が白かったよなあ。

ああいう時代だったから、俺としては「資本家の娘」とつき合うことが、世相と同世代の連中に対するちょっとした反発のようで気分が良かった。もちろん違和感もあった。家の雰囲気、彼女の親が選ぶ話題や趣味は俺のところとはかけ離れていた。おやじさんはともかくとして、あの強突張《ごうつくば》りで嫌ったらしいおふくろさんには参った。何かにつけて俺のことを「教授の息子さんだから」と言って、やれ別荘はお持ちなんでしょうとか、海外でバカンスなさるのとか、成金みたいなことばかり聞いてきた。親なんて関係ないと思っていたが、もし結婚してたら大ありだったんだろうなあ。もちろん今はもういいだろうけれど。

俺なんかこんなくそオヤジになっちゃったけど、あの子、今頃どうしてるかなあ。

やがて省三は視線の先に自分の勝利を見た。トートバッグの底から犬の小便が漏れて、女のスカートに濃い色の染みを作り始めていた。周囲の好奇に満ちたまなざしは全て自分の味方だと思った。それみたことか。

省三は言った。

「不潔だと思わんのか。公共の乗り物だぞ」

「あなたが怒鳴るから怖がって漏らしちゃったんじゃないですか。かわいそうに、ねえ」

「ろくな躾もできないんならケモノなんて飼うな」

「ケモノなんて言わないで。犬は家族なんです」

「家族だと？　ああそうか、あんたも狐みたいだもんな」

省三は高笑いした。車内には犬の小便のにおいが広がり始めていた。女はいきなり省三の耳をつかんだ。そして毒々しい口紅を塗った唇を近づけて言った。

「ぎろぎろばっちーん」

「なんだとう？」

目の前に立ってスポーツ紙を広げている男が邪魔だった。左足に体重をかけ、余った方の足を貧乏揺すりのように揺らしたかと思えば、ページをばさばさとめくって、今度は右足に体重をかけて大げさに体勢を変える。太っているわけでもないのに三人分くらいの空間を使い、その上新聞の中からふうとため息が聞こえてきたりする。実に鬱陶しい。省三が男を押しのけて立ち上がり別の席に替わってやろうかと思ったそのとき、やかましい着信音が鳴った。男は新聞を無造作に畳んで網棚に載せ、携帯で通話を始めた。

その男の顔を省三は知っていた。

誰だったか。

その、誰だったか。さて。

男は通話を終え、両手でつり革をつかんでぶら下がるようにして省三の顔を覗き込むと言った。

「やだなあ、富井さん。電車の中ではスリッパ履いて下さいよ」

「はっ」

省三が目を落とすと電車の床には色とりどりのフェルトのスリッパが足の踏み場もないほどに散乱している。

「男はブルー、女はピンクですからね」

「橋口」

そうだこの男の名は橋口と言うのだった。役所の保険年金課の男だ。

「脱いだ靴はどうするんだ」

「さあ」

「さあ、じゃ困る」

葬式じゃあるまいし。こんなところで靴なんか脱いだら誰かが間違えて履いて帰ってしまう。また変な靴を履いて帰ったら靖子に怒られるじゃないか。

「だめですよ。スリッパ履かなくちゃ。条例が改正されたんですからね」

「おい」

見れば、乗客は二人だけになっていた。隣の女もいない。

「なんです？」

「ぎろぎろばっちんはどこに行った？」

「横浜で降りましたよ」

「ああそうか」

「ぎろぎろばっちんの正体、見ましたか？」

「わからん」

「随分大きなスカラベの文鎮でしたよ」

「なんだって？」

「あれ、見てなかったんですか？　しょーがないな。富井さんはこれだから……」

「おまえも鎌倉か」

「もちろんですとも」

「何しに行くんだ」

「鳩サブレーを返しに行くんですよ」

彼はいつの間にか鳩の絵のついた薄い黄色の紙袋を提《さ》げている。なぜ鎌倉で買わずに今持っているのかとは思わなかった。

「富井さんの父上と一緒ですよ」

「なんだと？」

「父上も佐佐木先生に毎回鳩サブレーを返してたじゃないですか」

電車が発車する瞬間に目が醒めた。かろうじて駅名が戸塚と読めた。

目の前に橋口なんていなかった。犬をトートバッグに入れた女もいない。そもそもあんな女が本当に隣に座っていたのか、口論をしたのか、それさえわからない。

最近くだらない夢ばかり見る。やはり自宅で寝ていないから疲れているのか。

一つだけ腑《ふ》に落ちることがあった。父はきっと佐佐木先生のところに行っていたのだろう。鎌倉には佐佐木信綱の別宅だか別荘だかがあるんだよと誰かに聞いたことがある。父は鎌倉の伯父の家で自分たちを遊ばせて、いつもどこかに出かけていた。パチンコでもしにいっているのかと思っていたのだ。そうか鎌倉か。佐佐木先生だけではないだろう。あの街にはたくさんの文士がいたはずだ。もちろん俺は文士なんて誰も知らないが、でも鎌倉カーニバルの最後の頃は楽しみにしていたんだ。

大船駅のホームに降りた省三は、久しぶりに観音様を見た。

こんなに近くてこんなに大きかったのかと驚いた。白いから余計大きく見えるのだろうか。いつの間にか別の観音様と混ぜくたにして立像だと思いこんでいたが、目の前の山からいきなり顔だけがにゅっと突き出していた。座像か、或いは胸像かもしれない。子供の頃は観音様は怖いと思っていたが今見ればなかなか、いいお顔ではないか。

横須賀線のホームに入ってきたのは、クリーム色と紺のツートンカラーを帯に残したステンレス車両だった。電車に乗り込み、窓枠の影が斜めに映る日なたの席にどっかりと腰を下ろして省三は思う。横須賀線の色の組み合わせのことを昔はスカ色なんて言ったな、海と砂浜の色はわくわくする休日のシンボルだった。

伯父の家に行くので、はしゃいでいるくせに、北鎌倉の駅で俺は毎回、胸が締め付けられるほどさびしい気分になるのだ。一度も降りたことがないし、誰かが住んでいるわけでもない。俺の人生に於《お》いて北鎌倉以外の場所でこんな気分になることはない。極端な話、富井家の墓の前よりも北鎌倉の駅の方が何とも言えない気分になる。さびしいと言っても嫌な気持ちではない。むしろ「あはれなり」とでも言おうか。

このさびしさを味わわずには鎌倉に着かない。

なぜなのか。みんな北鎌倉を通るときには同じことを思っているのか。こんなことは恥ずかしくて誰にも聞けないが、今でも感じる気持ちは変わっていないんだな。


やあ、鎌倉だ。

車内の英語のアナウンスを聞いて省三は、

「あっ」と小さな声を出した。

「カマクラ」の「ク」の音にアクセントが置かれていた。

この前電車の中で伊予柑を食べていた外国人、彼らがしきりに口にしていた「カマキューラ」というのは鎌倉のことだったのだ。何人かもわからない。単なる偶然だが嬉しくなった。

江ノ電の乗り換え口を一瞥して、省三は西口に出た。俗に「裏駅」とも言われる西口は、観光客の多くが降りる東口とはまるで雰囲気が違う。ロータリーは狭く、目の覚めるような青の京浜急行バスもいない。世界的な観光都市とは思えない控えめな佇まいである。

昔ながらの時計塔の下で省三はタバコを吸った。全く何年ぶりだろうな。どこでもそうだが、来てみれば簡単なんだな。

省三は駅前を横切って御成《おなり》通りに入って行った。

何のために来たのかわからないが来てしまった。

まあいい。土曜日にこうやって遊びに出るなんていうのも久しぶりのことではないか。これだけの時間が経ったのだ。伯父の家は残っていなくても仕方がない。跡地でも痕跡でも見て、材木座海岸でジャンのことでも思い出して、それから江ノ電でも乗ってぶらぶらしようじゃないか。今夜はどこか旅館でも見つけて新鮮な魚でも食うか。旅館なんてあったかどうか覚えていないが聞いてみればわかるだろう。明日は帰らなければならないだろうが、しかしそれもどこへ帰ったものか。

毎日帰る場所を探すなんて、なあ。

漂泊の身になってしまったなあ。

俺が追い出されたあのホテルには、或いは代々木か新宿の街では何か事件が起こるのだろうか。乙の言ったことは当たるのだろうか。松木さんは大丈夫だろうか。しかし、もう自分とはかけ離れた世界のことのように思えてしまう。せめてあとで夕刊を買おう。

御成通り商店街は人通りもまばらだった。新しい店も、古い店も、どれも似たような間口で調和している。

少し歩くと切妻《きりづま》屋根の洋館が目を引いた。安保《あんぽ》小児科医院だ。

子供の頃は、伯父の家で急に熱を出してここに来てみたいなどと妙な憧れを持ったものだ。なぜかと言えば伯父に、

「天井に鶴がいるんだぞ」

と言われてそそられたからである。いかにも伯父が好きそうな話だが、天井の鶴とはいかなることか。まさか鶴の剝製ではないだろう。鶴の絵が天井に描かれているのか、もしくは彫刻があるのか。しかしそう都合よく熱を出すことはなかったので、実際のところどうなっていたのかはわからない。安保先生には通りすがりに、父と並んで挨拶したことがあったと思う。

道は足が覚えている。若宮大路は下馬《げば》から鎌倉女学院まで。一の鳥居までは行かない。鎌女のセーラー服とすれ違うことを期待しながら滑川《なめりがわ》を越える橋が閻魔《えんま》橋。よからぬことを考えれば閻魔様が待っている。同じ道を歩くときには同じことを考えるものだ。川を渡れば住所は材木座になる。

　新しい建物も出来たが、基本的に区画は変わっていない。見覚えのない古道具屋が何軒もあった。冷やかしても良かったが、後にしようと思った。伯父は古いものをたくさん集めているくせに古道具屋とは仲が悪かった。一軒だけ逗子《ずし》のなんとかというところだけはつき合いがあったが、伯父の価値観は独特だったから他の店とはおそらく、趣味が合わなかったのだろう。

　材木座の路地は入り組んでいる。バス通りといってもかなり狭い道から、軽自動車一台がやっと通れる路地に入ると、道が斜めになったり曲がりくねったりするので、建物もあっちを向いたりこっちを向いたりしている。整然とはほど遠いその景色が懐かしい。時期のすぎた朝顔が種をつけているフェンスもあれば、最近ではあまり見かけないへちまがぶら下がっている車庫もある。ペンキで塗装された木造の家もあれば、モルタル造りのアパートもあり、ハウスメーカーが建てたらしき住宅もある。

　それほどごちゃごちゃとしているのに、人とは会わなかった。家の中から音もしない。あたりはひっそりとしていた。

　三十センチ角の敷石が並んだ路地は途中から砂利道になる。それがくの字に曲がった先が二股になっていて、右側が伯父の家に至る私道となる。雑草が生えていたが、突き当たりの家はそのままに残されているようだった。

　人が住んでいないはずなのに。

いや誰か他人が住んでいるのか？

自分から訪ねて来たくせに、家がそのままに存在していると、省三は薄気味悪く感じた。何を怖がっているのか自分でもわからないが、何かが怖かった。

私道のフェンスには昔の漁船で使っていた青や緑のガラス製のブイがあちこちにぶら下がっていた。ブイを包んでいる網が切れて、地べたに落ちたガラス球もあった。

秋の陽があたる玄関は、荒れた家のようには見えなかった。

伯母が手入れをしに来ているのかもしれない、と省三は思い当たった。

伯母の再婚先の住所は藤沢だったと思う。元気なら、たまに来ることは可能だろう。

連絡を取ってみたい気持ちにかられたが、連絡先は年賀状でしかわからない。家に取りに戻れない以上ここではどうしようもない。

省三はしばらくその場に立ちつくしていたが、思い切って、

「ごめんください」

と声を出した。

中で人の動く気配はなかった。

玄関の引き戸に手をかけると、昔のようにするすると開いて、

こむ　からこむ　からこむ　から

という音がした。その音が思いの外大きくて、省三は身を固くした。伯父がワイヤーに鈴をつけて加工したものだった。引き戸を開閉すると滑車を介してもう一方の端にくくりつけてある緑色の石の錘《おもり》が上下する仕組みになっている。山羊が首からぶらさげているという銅の鈴は、スイスだかオーストリアだかのお土産とのことだった。

玄関では伯父が、立ち寄った巡査と将棋を指していたものだ。重い将棋盤は今でも下駄箱の脇に立てかけてあった。将棋仲間は他にも医者だの古本屋だのといった地元の人が何人かいた。省三たちが遊びに行ったときに、しばしばそういう友達がやって来て、伯父と酒を飲んだり、父と難しい話をしたりしていた。

正面にはロダンの「考える人」が、ぶかぶかのフランス海兵隊の帽子をかぶっている。「考える人」は小さなレプリカだが帽子は本物だ。フランス海兵隊が横須賀に寄港したとき、伯父とすっかり仲良くなった海兵隊員は「軍のものだから渡せない」と言ったが、見送りに来た伯父にタラップから投げたのだと言う。きっと「海に落とした」ということにするのだろう。粋なことをする、と感心していた。

伯父が自分で撃って作った鴨の剝製も、南極観測船の旗も、記憶と寸分違わぬ位置にあった。

「こんにちは。入りますよ」

誰に言っているのかもわからなかったが、おっかなびっくり靴を脱いだ。スリッパを探したがなかった。

省三は薄暗い室内をゆっくりと横切り、木枠のガラス戸のねじ式の鍵を手探りで開け、思い切って雨戸も開けた。戸袋に鳥の巣でもあったら嫌だと思ったが、大丈夫だったようだ。

小さな庭では草も木も好き放題に伸びていた。花の終わったひまわりが数本、外を向いてうなだれている。

ジャンの痕跡はどこにもなかった。犬小屋も、食器も、ジャンがおもちゃにしていた板きれのかけらさえも。

それはそうだ。ジャンと父は同じ年に死んだのだから。伯父はあの後犬を飼わなかった。年齢のせいもあっただろうけれど、よほどつらかったのではないか。犬小屋なんていつまでも置いていたら見るだけで悲しかったのだろう。

省三は「へそ石の王」を探した。

海が近いので、伯父はいつも何かしら拾ってきていた。ガラスのブイや流木もあるが、一番多かったのが石である。それらにフランス語やラテン語の格言や漢詩を書いたり彫ったりして細工し、台をつけることもあったが、そのまま飾られるものもあった。

書斎を兼ねた応接間の棚のうちの一段は全て「へそ石」で埋め尽くされている。へそのあるあんぱんによく似た丸い石である。何を以て伯父が「へそ石」に執着したのかはわからない。コレクションと言えるのかどうか、価値があるのかさえわからないが、今でもそっくり揃っている。

「へそ石の王」は昔と同じように座布団の上に鎮座《ちんざ》ましましていた。「へそ石の王」は、格段に大きくてグレープフルーツくらいの大きさであり、中には水が入っていて振ると音がする。水が入っているのは「王」だけだ。省三は伯父の家に来るたびに「へそ石の王」に謁見し、石を振って耳を澄ましたものだった。それは神社に行けば柏手を打つのと同じ、一つの儀式だった。

省三は「へそ石の王」を手にとって撫でた。冷たくて、なめらかで、少しだけ埃がかかっていた。

省三が家に帰れば、昔もらった「ジャンの石」が、どこかにまだあるはずだ。どこでそんな石を拾ったのかわからないが、犬の顔の形をした珍しい石だった。頭の形も、鼻面も、垂れ耳の盛り上がったところも洋犬にそっくりなのだ。伯父が白と茶色のペンキで彩色し、目と鼻とヒゲはマジックで描かれてまじめくさったときのジャンの顔になった。「へそ石の王」が欲しいと駄々をこねたときに、伯父が代わりにくれたのが「ジャンの石」だった。

省三は革張りのソファに腰を下ろした。

エールフランスの灰皿があったので、タバコを吸った。確かライターもたくさん集めていたけれど、あれはどこに仕舞っていたのか。

しかしこの家は、ゆっくり落ち着いて見ないと、今が何年で自分がいくつなのか、わからなくなりそうだ。そういった意味では、もし犬小屋なんて残っていたらそのまま七〇年代に引き戻されてしまいそうだった。

今だって俺は何かを待っているような気分になるじゃないか。

まるで伯父夫婦はちょっと出かけていて、俺が留守番に来たみたいだ。

タバコを消して立ち上がると、省三は入り口の脇にかかっている漢詩の額を見た。伯父の字だった。

別盧秦卿　　司空曙

知有前期在
難分此夜中
無将故人酒
不及石尤風

「盧《ロ》秦卿《シンケイ》に別る」だ。

省三の頭の中で、井伏鱒二の訳が蘇った。

「ソレハサウダトオモウテヰルガ
コンナニ夜フケテカヘルノカ
サケノテマヘモアルダロガ
カゼガアレタトオモヘバスムゾ」

俺もなかなか覚えているじゃないか。

でも伯父さん。

都合がいい解釈だってことは百も承知ですけれど、この言葉を真に受けてもいいですか。

風が荒れたと思っていいですか。酒を買ってきて、ここで飲んでもいいですか。ここで寝てもいいですか。

帰るところがないんです。行くところもないんです。

ここにいていいですか、伯父さん。

そのとき、

「タンク・タンクロー」

という大きな声がして、省三は肝をつぶした。

「誰だ！」

省三は叫んで、辺りを見回した。

「誰だ！　どこにいる！」

「タンク・タンクロー　ハ　ココニハ　イナイヨ」

6

「ルネか！」

省三は叫んで、窓の外を見た。

「タンク・タンクロー」

答えとともに、サザンカの生け垣が揺れた。

省三は急いで玄関に行き、靴を履くと庭に回った。

タンク・タンクローだって？　懐かしいじゃないか。あれは伯父が好きだった戦前の漫画のヒーローだった。かなり奇天烈《きてれつ》な奴だったぞ。

タンク・タンクローはちょんまげを結った少年で、足にはブーツを履いている。胴体は黒い鋼鉄の球の中にあって、八方に空いた穴から頭や手足を出している。それだけでも驚くべきことなのに、球のなかには秘密兵器が詰まっている。穴から羽根とプロペラを出して空を飛んだりもするのだ。シルクハットはラジオに、ちょんまげはアンテナにもなった。球の中に全身を格納してごろごろ転がっていけば、敵が銃弾を浴びせても弾き返してしまう。いやはや、とんでもない奴だった。

中学に入ってからだったな。ここに来たときに旧カナの布張り装丁の復刻版を読まされたんだ。ばかばかしいと思ったのか、義男は喜ばなかった。あいつはくそまじめな父に似ていたのかもしれない。

祖父の時代に使われていた火鉢はひっくり返されたままオブジェと化していた。小学校の建て替えのときに貰ってきたという百葉箱は朽ち果てて、あと一度か二度、台風が来たら終わりと見えた。碑に見立てて地面に突っ立てられた長いオールには「何でも覚えている奴と飲むのはごめん」というギリシアの名言が原語の難解な文字と共に紺のペンキで書かれているのが今でも読み取れる。カメやメダカが回遊した池はすっかり涸れて、手作りの小さな水車と噴水の痕跡も打ち捨てられた玩具のようだ。

だが、醜い眺めではなかった。荒れてはいたが不潔ではなかった。

オキナインコのルネはひまわりに留まって、バランスをとりながら種をついばんでいた。省三の姿を認めると、かれの言葉で短くギャギャと鳴いた。薄いオレンジ色の曲がった嘴《くちばし》は、ふざけて笑っているように見えた。

「ルネ!」

省三はため息にも似た声をあげた。

「生きてたのか」

長生きする鳥だとは聞いていたが、ルネがまだいるだなんて思ってもみなかった。省三の中で、オキナインコのルネの記憶は過去に属するものとしてしまい込まれていた。

「ルネや！」

省三はもう一度呼んだ。

「オハヨ」

ルネが答えた。

死んだ庭が息を吹き返したようだった。

気恥ずかしかったが、省三はこう言ってみた。

「覚えてるか？　省ちゃんだよ、省ちゃん」

「………」

「省ちゃん」

「ショーチャン」

「おお」

「ショーチャン　イナイヨ」

「俺はここにいるよ」

ああ、誰かに言いたい。

ルネが生きていたんだよ、と。

そして、俺はここにいるよ！

青い鳥というのはルネのことだったのだ。

ここに来ることを乙は予知していたのだろうか。

青というよりは、灰色がかった水色の羽と背中である。目の下を境に、頰や喉、お腹にかけてはくっきりと色が分かれて白い羽で覆われている。初めて見たとき、朔矢と梢枝は「ドラえもんみたい」と言って伯父の機嫌を損ねたが、あながち間違ってはいない。幼鳥のころはすり餌《え》を求めて絶叫するばかりだったルネもすっかり大人になった。頭から尾羽の先までは三十センチほどもあるだろう。

オキナインコは言葉を真似て喋るだけでなく、相手と会話することも可能なのだと伯父は言っていた。

ひょっとして、ルネは伯父や伯母の不在を知っていて省三に「ココニハ　イナイヨ」と言ったのだろうか。

まさかそこまでの思考能力はないだろう。

鳥なのだ。

きょうだいの中で、大人になってからもこの家に来ていたのは省三だけだった。足利の姉は、子供が出来てからは来なかったと思う。

省三の子供たちは、「鎌倉のおじいちゃん、おばあちゃん」と呼んで伯父夫婦に懐いた。

「鎌倉のおじいちゃんってハイカラだよねえ」

小学校に上がるか上がらないかの梢枝が大きな目を見張って言ったとき、伯父は、

「梢枝ちゃんもハイカラがわかる年になったのか」

と言って笑ったものだ。

「だって昔から言うでしょ。ハイカラって」

「梢枝ちゃんに昔なんかあるもんか！」

伯父は確かに、お洒落な人だった。ハンチングをかぶり、モスグリーンのオイルドジャケットを着ていると年齢も国籍も不明になってしまうようだった。ジャケットの胸には赤と緑の散弾のケースを短い革のベルトで縫い止めてアクセサリーにしていた。ハミルトン・カーキの時計を省三が褒めると、「質流れだよ」と照れた。あの時計は形見分けのときに梢枝がもらったはずだ。

朔矢は、大きくパネルに引き延ばしたジャンの写真（伯母が持っていってしまったのだろうか、見あたらなかった）に夢中になった。そして犬の飼い方で伯父を質問攻めにしたものだ。そして梢枝はルネに、子供と見なされてバカにされながらも、おやつをやったり、言葉を教え込もうとしてかまっていた（かまってもらっていたと言うべきか）。省三は伯父とワインを飲み、ソファで居眠りをした。靖子は台所で、鎌倉の商店街や横浜のデパートについて伯母と話し込んでいた。

ここにかつて、幸せな家族の午後があった。

しかし今、籠から逃れたルネは何を食べて生きているのだろうか。ひまわりの種だけってわけじゃないだろう。鳥のようにゴミを漁るとも思えない。人になれていて愛嬌があるから、あちこちで猫のように餌をもらっているのだろうか。

省三は、ルネに何か食べさせたくてたまらなくなった。

「ちょっと出かけるよ。すぐ戻る」

話しかける相手がいて、待っていてくれと言って出かけるのはいつ以来だろう。

「ゴメンネ　マタクルカラネ」

省三の後ろ姿にルネが言った。きっと伯母の声だろう。そう言って伯母は訪問を切り上げ、帰って行くのだろう。

「すぐ戻るからな」

省三は振り向いてルネに言ったが、かれは、

「マタクルカラネ」

と繰り返した。省三はこの賢い鳥のことを不憫《ふびん》に思った。

材木座の商店街は昔と変わらぬ白っぽい面影だった。八百屋、酒屋、肉屋、魚屋……海が見えなくても潮のにおいが漂うような道にそって店はぽつぽつと建ち並んでいた。ウェットスーツを着たサーファーが店に入っていってもここでは何の違和感もない。ビ

ニールの長いのれんの間からちらりと見えた魚屋の大将の長いもみあげが懐かしくなり、話しかけそうになったが、自分のことなど覚えているわけがないと気がついた。

省三は酒屋で日本酒を買い、肉屋でハムカツとマカロニサラダを買った。それから八百屋の店先で少し迷ってからバナナを買った。ルネはバナナが好きだった。残りは俺が明日の朝食べよう。商店街にコンビニはなかった。省三は夕刊を買うのを忘れた。

材木座海岸の昔の夏を思い出す。海で泳ぐことのない伯父と伯母が、省三たちのために腰を上げることもあった。鮮やかな色合いのパラソルとござを丸めて小脇に抱えた伯父は、ジャンを連れて先頭を歩いた。伯母は、牛のしぐれ煮や野沢菜の混ぜごはんといった珍しいおにぎりをこしらえてくれた。

「このおにぎりおいしいねえ」

と言ったすぐ後に、座り直そうとしてうっかり砂の上に落としてしまったことを思い出す。伯母をがっかりさせたくなくて、砂がついたままのおにぎりを素早く口に入れた。それから向こうに走っていくと、口の中をじゃりじゃりと雑に動かしてから、飲み込めるものだけ無理矢理飲み込んで、砂の混じった唾を吐いた。

鎌倉カーニバルも夏の楽しみのひとつだった。普段の伯父は将棋と狩猟の仲間だけを限られた友人として生きていた。ただ年に一度、カーニバルの日だけは別だった。伯父は父が親しくしている鎌倉文士とも伯母の知り合いの品のいい家族とも陽気に挨拶を交わした。この日ばかりは子供たちも買い食いを許され、射的《しゃてき》を教わった。大人も子供も、仮装行列を眺めて笑い、ミス・カーニバルがやってくるのを心待ちにした。

実際に見たのは二回か三回だろうけれど、伯父の補足説明のおかげで省三は年ごとに変わる祭神の姿を自由自在に思い描くことができた。大黒様、たこ入道、オードリー・ヘップバーン、怪人大王、藤山一郎、源実朝……。練り歩いた祭神は、最後に由比ヶ浜で海に流され、祭が終わる。

「祭神はどうなるの?」

ぷかぷかと浮かんでいるガガーリン少佐の祭神を見ながら省三は伯父に聞いた。

「流れて行くんだ」

「どこまで?」

「さあ、どこまでかな」

「アメリカまで?」

「ソ連の飛行士だから、そりゃ大変なことになるぞ」

「一人で、さびしくないかな」

「宇宙に比べたらちっともさびしくないさ」

ガガーリン少佐は沈む気配もなく沖へ向かって、ぷかぷか、ぷかぷかと流されていった。

太陽は金色からオレンジ色へと色を変え、江ノ島の向こうに沈もうとしていた。光の粒子は水平線を滲ませ、行き交う船を溶かそうとしていた。沈みもせず、こちらを向くこともなく、ぷかぷか、ぷかぷかと楽しかった昔の夏は流れていってしまった。

伯父の家に戻ってくるころには、夕闇が迫ってきていた。ルネの姿が見あたらなかったので、省三は火鉢の上にバナナを一本置いた。鳥なんだから自分で見つけて食べるだろう。

家に入って勝手口の上のブレーカーを探しあて、がちゃがちゃといじってみたが、どうやら電気は完全に止められてしまっているようだった。諦めて台所の吊り戸棚を開けると、片隅に見覚えのある皿やコップが少しだけまとめられていた。省三はコップを一つ拝借した。蛇口をひねり、水を飲んだ。

伯父の書斎で、省三は日本製の石油ランプとアメリカ製のガソリンランタンと六角提灯《ちょうちん》を見つけた。ランプには芯がなく、ガソリンランタンは点火するととんでもない臭いがしたので、慌てて消した。幸い六角提灯には使いかけのろうそくが入っていた。ライターでろうそくに火をつけてほっとした。

廊下から襖を開けて茶の間に入る。お神札《ふだ》は入っていないと思われたが、それでも省三は神棚に向かって一礼した。神道というのは遥拝《ようはい》で事足りると聞いたことがある。

柱の振り子時計は止まっていた。

床の間に掛け軸はなかった。

がらんとした畳の空間に卓袱《ちゃぶ》台だけが残されていた。元は省三の祖父が愛用した、円形の大きなものである。祖父は長野県佐久《さく》の出身で、東京に出てきてからは市ケ谷に住んでいた。書生や女中もいたそうだが、上座も下座もなく全員が同じ卓でごはんを食べたという。いくつもの細かい傷や焼け焦げが染みついた重たい卓袱台である。

省三はその真ん中に六角提灯を置いた。

今思えば、四畳半に家族全員が揃って座っていたことが嘘のようだ。昔の家は狭かったのだ。

この家を訪問するのはいつも昼過ぎと決まっていた。横浜か、鎌倉の駅前で早めの昼食をとり、買い物をしてから来るのである。

伯父の書斎で乾杯を済ませると、子供はお菓子を食べてから海かお寺に遊びに行った。父は途中でどこかに出かけたが、夕飯までには帰ってきた。皆が揃うと、伯父の鶴の一声で茶の間に移って、そこで伯母が用意してくれた夕食を食べることになっていた。ここでもまた、大人たちは飲んだ。

母はいつも居心地が悪そうにしていた。早く帰りたくて仕方がない様子だった。伯母はそれとなく気を配って話題を向けたが、二人で笑い合っているのを省三は見たことがない。父が酩酊《めいてい》すればするほど母の機嫌は悪くなった。

伯父がトイレで席を外すたびに、母は父にぴったりとくっついて耳元で言うのだった。

申し訳ないじゃないの。ご迷惑じゃないの。

いや、いいんだよ。

と父は言った。

いいじゃないか、滅多に来られないんだから。

母は言う。

もう、お暇《いとま》しないと。

そうおっしゃらず、ゆっくりなさって下さい。まだ電車もありますし。

と伯母が言う。

酔った父は伯母の言うことしか聞かなかった。それもまた、伯父の真似だというので母は気に入らないのだった。

　子供たちは母の気に障らないように、神妙にしていた。

　伯母はいつも何か小さなものを取っておいてくれた。そして帰り際に子供たち一人一人を呼んでお土産をくれた。バスの形の貯金箱、ダッコちゃんの偽物、ゴムの蛙、金太郎の腹掛けをしたキューピー。姉のためには団扇《うちわ》の形をした小さな絵はがきやビーズのブレスレットもあった。子供の目から見ても安っぽいものもあったし、年齢と合わず幼稚に感じられるものもあったが、きれいに伸ばした包装紙で包まれたお土産を伯母の手から与えられて「外国風に」その場で開けてみるとき、それらは小さな宝物だった。伯母が自分たちのために特別に用意しておいてくれたことが嬉しいのだった。

伯母はいつも細かなことに気をつけている人だった。伯父と行動を共にし、なにかあればすぐにガーゼのハンカチや、飴玉や、安全ピンや、小銭入れなどを差し出す人だった。伯母のそばにさえいれば、全てが間に合うようになっていた。

子供たちも含めて誰もが知っていた。

伯母がいなければ伯父はとても暮らしていけなかったことを。

奥の三畳間は寝室として使われていたが、ここには伯父のコレクションは一切置かれていなかった。家具と言えば片隅に質素な洋服簞笥があるだけである。衣紋《えもん》掛けと鏡台は消えていた。茶屋辻模様の鏡台掛けは、もちろん伯母が着物をほどいて作ったものだった。着物のことなどわからぬ省三は古くさいと感じたが、今思えばいいものだったのかもしれない。伯父は拾う人であり、伯母はいつも何かしら、縫ったりほどいたりしている人だった。

省三は押し入れから布団を引っ張り出した。外国製品のような鮮やかなグリーンのシーツと枕カバーに首をかしげたがそのまま敷いた。寝る場所を確保して、省三は安堵した。布団があって良かった。伯父のガウンが見つかったので、着たきりの背広とワイシャツを脱いでハンガーにかけ、羽織ってみた。似合わなくてもこれでいいと思った。

省三は茶の間の卓袱台の前に胡座《あぐら》をかいて、一升瓶の酒をコップに注ぎ、静かに飲み始めた。

鎌倉の家に一人でいるというのは不思議な心持ちだった。すっかり落ち着いてしまっているのに、午後のうたた寝のように短い間隔で我に返る。

なんでここにいるんだ。

俺は何をしているんだ。

しかし次の瞬間にはまた、浅い眠りに誘われるように、家に身を任せてしまっている。

薄くひろがる酔いの中で、父と伯父の会話の断片が蘇る。

「イーストエンドって言葉があるけれど、あれはロンドンだけじゃないな。おおまかに言えばパリもそうだし、ニューヨークもそうだ。不思議なことに日本でもそうなんだよ。東京も大阪も福岡も東側が工業地帯で西側が住宅地になってるんだ。でも、名古屋だけは逆なんだ。なぜだかわからないんだが」

「川の位置によるんだろう。そもそも川のあるところに人が住み着いたわけだから。川を基準にどこが神殿で、どこが支配者の住むところで、どこが墓地だったか、なにか法則性があるんじゃないか。多分、誰かがとっくに研究してるんじゃないかね」

「キジってのは面白い鳥でね、おしどり夫婦じゃなくて乱婚なんだ。オスが縄張りを持っていて、そこに複数のメスが通ってくる。そのメスたちも、一羽のオスじゃなくていろんなオスのところに通ってるんだ」

「日本の国鳥だからな。まさしく源氏物語じゃないか」

「俺は歴史上の悪人とされている人間の方が面白くて興味があるな。道鏡にしても明智にしても田沼にしても」

「そりゃそうだ。善人なんてちっとも面白かないよ。死んだ後に天国なんか行ったら、そりゃあ退屈だろうな。絶対地獄の方が面白いさ」

だがそれに血が通ったイメージが浮かばないのだ。記憶は確かでも、自分との繋がりが感じられない。それは遠い世界、死者たちの紡ぐおとぎ話、終わってしまったことにすぎないのだろうか。

それらは決して嫌味な感じではなく、雑学を披露しているということでもなく、ごく自然にあそこの寺の紫陽花《あじさい》が咲いたとか、昨日の大相撲の取組がどうだったとかコメントするのと同じような話し方だった。

今で言えば若い人たちが、グルメだかなんだか知らないがやたらと食べ物のことを話すようなものかもしれない。省三にとって、食べ物の話は無難ではなく、難しい。味覚や趣味だけでなく、育ち方や金銭感覚まで出てしまうからだ。今は誰もがお金さえかければ旨いものを食べられる時代になったから、あそこのあれが旨いとか、この時期のこれが旨いとか気軽に話すけれど、かつてはおおっぴらに食べ物の話をすると「いやしい」として親に叱られたものだ。

若い頃の省三は、大人に混じって話したかった。早く大人たちと喋れるようになりたかった。

相手とは違う意見を言い、どんな英雄も学者も無条件には褒めず、権威に対して批判的であっても感情的にはならず、相手の話をうまく聞き出して、本質から少し離れたところで面白がっている。そういうふうになりたかった。

だが、省三は口を挟むことができなかった。いい加減なことを言うと父にひどく叱られたからだ。たとえ、新聞記事やテレビのニュースで見たことを話しても、「おまえの言っていることは他人の偏見をそのまま鵜呑みにして伝えているだけだ」と容赦なかった。

普段は怒ることのない父がそんなときだけは怖かった。

そのままずっと、自分が大人たちに認められないことが怖かった。

一体何を喋ったらいいのだろう。珍しい知識を集めてきて比較や組み合わせをすればいいのか、それとも独学で外国語を学んで本を読まなければいけないのか、或いは何か新しい計算式を作り出して世の中の法則をあてはめろというのか、省三にはどうしたら父が満足するような話し方ができるのか、見当がつかなかった。父や伯父が知識をひけらかすのを何よりも嫌うことはわかっていたが、では何のために議論するのか、議論して何がそんなに楽しいのかがわからなかった。省三はゲームに興味があるのに、ルールを知らない子供だった。いつまでも指をくわえてゲームを見ている子供だった。

伯父は書棚の中に隠されたスイッチを押すと庭の池から噴水が出るなんて細工をして、人を驚かせて喜ぶような人だった。今思えば、父が廊下の壁面を全て書棚に改装してしまったことは、確かに伯父と血を分けた兄弟のやることだと思う。

「こうすれば本に日が当たらないじゃないか」

得意そうな父の顔が目に浮かんだ。

「これでやっと片付くぞ」

その日以来、父の本は廊下の書棚にずっと片付いたまま、動かない。

この家にある伯父の遺品は雑多ながら邪魔ではない。なぜだろう。自分の家にある靖子の遺品の状況とはまるで違うではないか。

俺は靖子がもしも生き返ったらけんつくけんつく怒り出しそうな具合に家中を散らかしている。

「私の物なんか捨てて下さい！」

と靖子は言うだろう。

そうもいかないのだよ。捨てることはつらく、難しく、悲しいのだよ。

「何言ってるの、こんなだらしなく暮らしていていいの？」

そうだ、俺はだらしがないのだ。だが、おまえの物だけじゃない。父の物、母の物、出て行った二人の子供たちの物まであるのだ。家中が生々しく物にまみれているのだ。みんなが着た服や着なかった服から、取っておいた本や手帖から、新品や使い古しの化粧品の類、友達からもらった手紙まであるのだ。俺一人で一体どうしろというのだ。

そのくせ俺は物なんてろくに持っていない。新しい物を買えば古い物は靖子が捨ててくれた。靖子が死んでから新しい物なんて何も買っていない。それどころか、靖子が安売りのとき買い込んだ洗剤だの電球だの防虫剤だのが今になってもまだ、余っている。ありがたいことだが、それもまた悲しくなってしまうのだ。

この家にあるものは、紙、金属、陶器、木材、ガラス、岩石。

だが、俺の家はプラスチックと古着ばかりだ。

そう。不思議なことに気がついた。

この家には悲しみが染みついていない。

十年も経てば当たり前なのだろうか。

人が死んだ後の混乱がこの家にはない。

六角提灯の灯の外側には、闇だけがあった。

部屋の隅も、廊下も、トイレも真っ暗だった。省三は家の中にいながら外界と区別のつかぬ闇の中にいた。勝手気ままにここにやってきたのに、光の届く範囲の中だけに閉じこめられているように感じた。

あの漫画で、タンク・タンクローは大きな木の中に閉じこめられたのだった。そしてタンクローの忠実な手下であるおさるのキー公は、

「コノサキノ　オホキナ　キノナカニ　タンクローハ　ヰナイヨ」

と書いた看板を立ててわざわざ敵を案内してしまった。おさるだからちょっと足りないんだ。

今の省三も、家の外に看板でも立てて誰かに発見されたいような気分だった。自分から入り込んでおきながらおかしなもんだ。

おさるのキー公はちょっと足りなくて、でもすばしこくて、心配性で、親切な奴だった。キー公は子供たちの良識だった。俺にもあんな子分がいればなあ、と省三も思ったし、誰もがそう思ったはずだ。

だが、省三は所詮タンクローの器ではなかった。後から考えてみればキー公の器だった。タンクローのいないキー公、すなわちそれはただの猿である。

靖子に手紙を書きたくなった。

俺は今、鎌倉にいるよ、と報告したかった。

びっくりしたよ、ルネが生きていたんだ、と言いたかった。

だがここでは手暗がりで字が書けないだろう。

靖子にもまだ、話していなかったことがあるのだ。話せなかったことがある。

明日手紙を書こう。


今でも知識人と呼ばれる人はいる。文化人もいる。だが教養がない。圧倒的に専門知識に偏《かたよ》っている。教養なんて言葉自体、十九、二十歳の大学生がノルマとして単位をとる講義の範囲に押し込められてしまった。

教養というのは理念さえあれば、気取ったものでもなんでもない。

外国語はコミュニケーションをとるために使うものというよりも、その国で長い年月の間に培《つちか》われた考え方、哲学を発見するためのものだった。外国旅行のためのツールや出世の道具なんかじゃなかった。だからあんなに苦労して物のない時代から洋書を手に入れて読んでいた。

物理だって歴史だって漢文だってそうだった。文系とか理系とかではなく、上の世代は学問全体が好きだった。分野を超えて広がっていく知識は伯父という人間、祖父という人間の根本と結びついていた。

俺にはそんな根本はない。そんな能力もない。努力もしなかった。

大人になってわかった。

自分はインテリではなかったということだ。知識の量なんかでは計れないがやっぱり絶対量も足りない。そして俺には哲学がない。話題の選択における独特のセンスも持っていない。

姉や弟は、俺より頭はいいかもしれないが、決して父や伯父、祖父のようにはなれない。あんなふうには喋れない。

富井家の末裔《まつえい》は堕落した。

俺だけじゃない、日本中の知識人の末裔が堕落したのだ。

だが、それはなぜなんだろう。

無責任なようだが、不思議に思う。

なぜなんだろう。

省三が今、なにがしかの懐かしさを感じるのは、大きな森の中に住むあの一族のことを思うときだった。それは自分でも意外だった。憧れはない、親しみもない、もちろん崇拝などしていない。だが、自分に近しかったなにかがあの孤立した家族には残っているような気がするのだ。

理想の家庭像としての皇室というのは、演出されたものに過ぎないのだろう。省三の持つイメージは現在のそれよりも少々古めかしい。笑顔の父と美しく聡明な母、天真爛漫で勉強熱心な子供たち。つかの間の休暇を過ごす御用邸の美しい自然。それぞれが担《にな》う、重ならず、はみ出さず、政治と関係のない学問の専門分野、そして健全な趣味であるスポーツや音楽。

もちろん、本当に好きなことはほかにもあるだろう。だが、公式に言えない趣味嗜好の類は慎み深くプライバシーとタブーの深い闇の中に死後も隠されるのだろう。

人間だから苦しみはある。病もある。争いも不仲もあるだろう。そして何より隔離された立場がつらいだろう。守る物が大きすぎるだろう。だが省三は本当の姿にもゴシップにも興味がない。

歴史の長い孤立した一族のメンバーが、人一倍教養を求められていることは確かであるし、彼らはそれを体現している。それは国内での彼らの役割だけでなく、ほかの誰にもできない外交にも結実している。

しかし、そうでないとき。

幸せな家族だったら忘れてしまうような、ある日、ふつうの午後。

閉じられた居間に集まった家族の会話が、失われたインテリの一家のそれに似ていることはないのだろうか。

もしかしたら、この時代にもあの家系のどこかで、それが続いているのではないだろうか。

この気持ちを多分、郷愁というのだ。

赤の他人であり、一生会うことなどない一家なのに、どんな人々かも知らないのに、勝手にそれが懐かしくて胸が締め付けられるのだ。

大きな森の家族は気軽に外には出られない。
省三は街の中にある小さな家に帰れない。

庭からは、念仏を唱えるような声が聞こえてきた。
「オレハダメダオレハダメダ
オレハダメダオレハダメダ」
それは晩年の伯父の口癖だった。
省三はため息をついて、
「ルネや、もうおやすみ」
と言った。
闇のなかが静かになった。

7

着信音が鳴っていた。省三は、見慣れぬ部屋に寝ていることに気づいた。それが伯父の家の和室であること、今日が日曜日であること、鳴っているのが自分の携帯電話であることを理解するまでに数秒かかった。布団の上で大きく伸びながら枕元の携帯を手に取った。足利の姉の名が表示されていた。

「もしもし」

「寝てたのあんた」

「今何時」

「もう十時よ、あのね今からお母さんのところ行くんで、帰りにあんたのとこ寄ろうかと思ったんだけど」

「俺は昨日行ったよ」

「特に変わりないでしょ」

「歌ってたよ、『夏は来ぬ』を」

「ああそう。あんた今日の午後はいる？」

「いや、いないんだ。今いない」

「あら珍しい、朔矢君のとこ？」

「違うけど。ええと……あ、そうそうこっちも電話しようと思ってた」

「なによ」

「昔のこと、おやじのこととかちょっと聞きたくてさ」

「昔のこと？　どうしたの？　なんかあったの？」

「やっぱり直接会ったときの方がいいな。いや今日じゃなくて。え？　別に何もないよ、単なる俺の興味」

「あらそ。じゃあ切るわよ、またね」

忙しい人だな。

省三は呟いた。

姉はミツバチみたいな人だ。一族の誰にも似ていない。働き者で早口で真面目で間違いがない。どこかの忙しい店でも切り盛りした方が似合っている。俺のイメージの中では開業医の奥さんというのは地方豪族夫人みたいなものだったが、姉には全くそんな感じはない。

午前中の省三は夏休みの子供のように伯父の部屋を物色したり、見つけた本を斜め読みしたりしていたが、小腹がすいたので近所の蕎麦屋でたぬき蕎麦《そば》を食べた。それから駅前まで歩いて行ってコーヒーを飲み、とうきゅうで細かい買い物をした。シャツ、髭剃り、歯ブラシ、下着、そしてルネの餌。

身軽ってわけにはいかないな。

あれもこれも買いながら、省三は思う。男がひとり、親戚の家に潜んでいるだけだというのに、生活するということはやたらとモノがいるのだ。こんないい年の男でもこまごまと道具がいる。こうやって俺は家の中に生活感をまき散らしていく。

だらだらするのは得意だった。居眠り歴には年季が入っている。高校時代は「ネミイ君」と呼ばれていたし、役所で「すぐやる課」が発足したときには、「富井君はすぐねる課だな」と冷やかされたくらいなのだ。

日曜の午後の省三はいかんなくその才能を発揮した。

日が傾いてからごそりと起きた省三は、眠気覚ましを兼ねて銭湯に行った。水道路《すいどうみち》の交差点のそばの銭湯は記憶の通りの佇まいだった。

「省三さん」

さっきから何度も、低い声が自分を呼んでいた。

省三は身を固くして外の闇に集中した。

「省三さん、水を一杯くれないかね」

「誰だ」

いつまでも名前を呼ばれてはたまらないので、省三は短く庭に向かって言った。

「かつて犬だった者だ」

「なんだと？」

「頼むよ。省三さん、水が飲みたいんだ」

六角提灯を持って縁側に立つと、ごく弱い光で照らされた庭には確かに犬が座っていた。黒っぽい、瘦せた犬だった。ぴんと立った耳や顔の形は日本犬のものだが、キツネのようにふさふさした毛は洋犬の血筋と見えた。なにより、足や胴体の長さ、頭の大きさのバランスがちぐはぐだ。近頃滅多にお目にかからないが、昔はこんな雑種の犬がどこにでもいたものだった。

こいつが喋っているのか？

「水がほしいって？」

「ああ、頼む」

省三は台所で小鉢に水をくんで来て、縁側に置いてやった。

「そこじゃ飲めない。地面に置いてくれ」

「ああ、そうか」

「かたじけない。もう何ヵ月も水をもらってなかったんだ」

犬は長い間、ぴたぴたと音をたてて水を飲み、それから省三の方を見てくしゃみをした。

「犬だった者ってどういう意味だ」

「言葉の通りだよ。死んでるんだ」

「ばかなことを。じゃあなんで水なんか飲むんだ」

「神棚にだって水はあげるだろ。死んだって喉くらい渇くんだ」

「犬のくせになんで喋る」

「犬じゃなくなったからさ」

「まあいいさ。俺はここんところずっと変な夢ばかり見るんだ。犬嫌いなのに犬の夢ばかり見てるよ。で、今度はなんだ。どういうつもりだ」

「あんたの夢のことなんか知らないが、俺たちが死んでもまだこのあたりをうろうろしてるのは、多分、犬の七福神を探しているからだと思うんだ」

「犬の、なんだって？」

「七福神だよ。省三さん、自覚してないかもしれないが、あんただってその一人なんだぜ」

「いい加減にしろ。なにが七福神だ」

俺の周りは七福神どころか七人の亡者だ。

そもそも七福神なんていうのは寄せ集めの集団で、インドの神もいれば中国の坊さんもいる。日本古来の神なんて恵比寿くらいで、寿老人と福禄寿に至っては元々同じものなんて説もあるくらいだ。人数合わせとしか思えない。尤《もっと》も俺も、役所でどこの部署に行ったって人数合わせみたいなもんだけどな。

「気に入らないかね」

「当たり前だ。俺はそんなめでたくもないし、繁盛もしていないよ」

「犬の美徳っていうのを知ってるかい？」

「美徳だと？」

「諦めだよ。人間と何千年もうまくやって来られたのは、犬が諦めを知っているからだ」

諦めか。

その言葉を聞くと恥ずかしい。俺は、靖子が最後に入院したとき、正直言ってもう諦めていたんだ。諦めたまま靖子には、今日はつらくてもきっと明日は楽になるよとか、昨日より顔色がいいみたいだとか、出まかせを言っていた。

病名も余命も知らされていなかった靖子だが、きっと全てわかっていたのだろう。ただでさえ疼痛《とうつう》と闘っているのに、俺の嘘にまで最後までつきあってくれた。俺はそれが恥ずかしい。

しばらくうつむいて背中の奥に力を入れていた省三が顔を上げると、黒い犬はもうどこにもいなかった。

翌朝は早く起きた。役所までの時間の計算に自信がなかったからだ。ルネの、「ゴメンネ　マタクルカラネ」に送られて伯父の家を出た。

横浜から乗り換えた東横線の上り電車に乗っているときは気分が落ち着かなかったが、田園調布駅の新しいバスターミナルで区役所行きのバスの時刻を確認すると、まだ十分に早かった。省三は、昔からあるロータリーの方へ行って、ベンチで缶コーヒーを飲んだ。

バスは目黒通りから中町通りを経て用賀《ようが》駅にしばらく停車した後、再び中町通りに戻り、突き当たりの世田谷通りを右に曲がって区役所まで走る。私立の制服を着た小学生たちは、ランドセルにぶら下げたパスケースを揺らしながら、運転手に向かって幼い声で「ありがとうございました」と言って降りていく。

だが、その見慣れた景色にリアリティを感じなかった。映像を見ているようにしか感じられなかった。

昨夜の黒い犬の方がよほど、本物らしく思えた。

役所に着くと省三は、ここ数日間の新聞各紙を集めて隅から隅まで眺めたが、新宿区、渋谷区で何かが起きたという記事は見あたらなかった。

いつもは見ないネットのニュースの国内事件の見出しにも、これといった事故や犯罪はなく、「ホテル・プレクサス」を検索しても、全く関係ない商品の通販サイトばかりがひっかかってきた。タウンページのサイトで電話番号を調べようとしたが、〈「東京都渋谷区」で「プレクサス」の絞り込み結果はありませんでした〉

という画面が出てくるだけだった。

ホテルなのに電話番号が登録されていないということがあるのだろうか。それとも、正式名称が違うか俺がホテルの名前を間違えているのだろうか。

乙の携帯電話の番号をなぜ、聞いておかなかったのだろう。

一体どうなっているのだ。

俺は荷物を取りに行かなければならない。明日着るスーツもシャツもないのだ。

何事にも実感を覚えることのない一日が終わって、省三は区役所を出ると世田谷線に乗った。山下駅から小田急線の豪徳寺へ乗り換えようとして歩いていると、

「富井さん、ねえちょっと」

という声がした。

振り向くと、桜田ミミが口を尖らせていた。

「なんでこっち方向なんですか？」

「新宿に用事があるんだ」

「おかしいなあ、富井さん、こないだも朝、変な方向から来たじゃないですか」

「そうだったか？」

「とぼけたってだめですよう」

「桜田の家だって小田急線じゃないだろう」

「私も新宿に行くんです」

「あ、そう」

「靴を直しに行くんです」

そう言うと、白い紙袋を少しもちあげた。朝のノーメイクを見るとだらしない奴だと思うが、靴なんかは履きつぶしたりしないのか、と思った。

二人はホームで通過電車を待って、各駅停車に一緒に乗り込むことになった。ラッシュとは逆方向なので、いくらか空間はあった。

「ねえ、富井さん、ちゃんとごはんとか食べてます？」

「弁当とかかな」

「お弁当じゃ野菜足りないでしょ」

コンビニの袋を持って通勤してくる奴には言われたくないよと思ったが、つい、

「時間あるのか」

と口にしていた。

「大丈夫ですよ」

「たまにはメシでも食うか」

桜田はいいですよ、と頷《うなず》いた。

南口改札を出たところで、一時間後の待ち合わせをして桜田と別れると、省三は明治通りへ出た。代々木方面に歩き、見覚えのある専門学校の校舎から曲がり、目印にしていた小学校を通り過ぎたが、ホテル・プレクサスはどこにもなかった。

いくら歩いてもそんな建物はなく、それらしい界隈はそれらしい地味な住宅できちんと埋め尽くされていた。跡形どころか空き地もなく、全ては何年も前からぎっちりと詰まって動いていない様子なのだった。

その辺りは首都高の手前の狭い一画で間違えようもなかった。奥に行けばどうしたって新宿御苑の塀にぶつかるし、後ろに戻れば明治通りに出てしまうのだった。

どこに消えたんだ。

よくないことが起きると乙は言った。数日たてばわかると。

よくないことって一体なんだったんだ。地震も火事もなかった。発表されている限りでは犯罪だってない。街の様子も変わらない。

ただ、忽焉《こつえん》と消えてしまった。

そもそも、存在しなかったかのように。

あいつはやっぱり亡者だったのか。

俺がプレクサスに泊まっていたら、道連れに俺も消えてしまったということなのか。

しかし何のために。

小さな酒屋の中を覗き込むと、灰色のエプロンをつけた中年の店主が一人で店番をしていた。省三は思い切って入り口のサッシを開けて、声をかけた。

「あの、ちょっと伺いますが」

「はい」

「この辺に、プレクサスってビジネスホテルなかったですかね」

「え？　どこに？」

「明治通りと新宿御苑の間の住宅街に……たしかね、プレクサスって名前だと思ったんだけど」

「さあ、この辺にはないねえ。ラブホテルかなんか？」

「いや……すみませんでした。もうちょっと歩いてみます」

全く納得がいかなかったが、南口に桜田を待たせていた。

「やあ、悪いね」

声をかけると、桜田は明るい顔で振り返った。

「どこ行きます？」

「俺は、あんまり詳しくないんだ」

「じゃあ私に任せて下さい」

「あのさ、桜田」

「はい?」

「その前に買い物につきあってくれないか?」

「何です?」

「スーツが見たいんだけど。安いやつだよ、見立ててくれないか」

「えー、私の見立てでいいのかなあ」

一瞬だけだが、嬉しそうな顔をした。役所では化粧が濃いように見えることもあるが、街に出ればごくごくありふれた三十代の働く女の顔だ。

タカキューに入ると桜田は、

「えー。私の見立てって言ったのに」

と、いくつかのブランドの名を口にしたが、

「勘弁してくれ。俺はオヤジなんだ」

と省三が答えると肩をすくめて笑った。

ブラックのチョークストライプとチャコールグレイのスーツ、それにネクタイとワイシャツを買って、カードで支払った。予想外の出費が続いて気が重くなった。

桜田ミミが省三を連れて行ったのは、三越の裏の小さな台湾料理屋だった。この辺りには多い、間口の狭いビルの地下で、安っぽくはないが、気取った店でもない。

「ここ、なんでも美味しくて、たくさん種類が食べられるからいいかなと思って」

いい店じゃないかとも言わずに、省三はタバコに火を点けた。青島《チンタオ》ビールを飲んで、少しだけ仕事の話をしているうちに、青菜炒めだの春巻きだの小籠包《ショーロンポー》だのといったメニューが次々と狭いテーブルに並んだ。

「桜田んとこの実家は杉並だったっけ」

小皿にラー油を垂らしながら省三は聞いた。

「ええ」

「たまには、親御さんに会いに行ってるのか」

「んー、ウチって、ちょっと複雑な家庭なんですよ。聞きたいですか？」

「いや、いい」

「面白い話なのになあ」

桜田ミミは笑った。

「いいよ、人の家庭の問題なんて」

「富井さんってそういうとこ、ありますよね。よく言えば干渉しない、悪く言えば何にも興味がないっていうか」

「厄介なのは自分の家だけでたくさんだよ」

「ねえ、ここんとこ、一体どうしちゃったのか教えてくださいよ」

「なんのこと？」

「私が何年富井さんの前のデスクにいると思ってるんですか」

「うーん」

「帰る方向も違うし。スーツまとめて買うなんて変です。絶対なんかあるでしょ」

「まあ、あると言えばある」

「ひょっとして、愛人さん？」

「まさか。やめてくれよ」

「すみません」

言い過ぎに気がついたようにはっと目を伏せた。多分妻が死んだことを思い出したのだろうと省三は思った。

「いずれまた話すよ」

「そうですか。じゃあ、楽しみにしてますね」

ごま団子だの杏仁豆腐だのを食べ、ポットの烏龍茶を飲んで落ち着いたところで桜田が言った。

「富井さん」

「ん？」

「もしも私が結婚したら、式に来て下さいね」

「ほう？　相手がいるんだ」

「相手くらいいますよう。ね、来て下さいね」

「役所の人間か？」

「違いますよ。セレブですセレブ」

「なんだ妄想か」

「どうでしょう？」

「だってまだ婚約してないだろ」

「電撃かもしれないですよ？　デキ婚かもしれないし」

「年相応に頼むよ」

「失礼ね」

「ああ、俺は失礼だよ」

「あと、富井さん、ひとつ言いたいんですけど」

「え？」

省三はまた潜伏生活のことを聞かれるのかと思い、身構えた。

「前から思ってたんですけど。電話切るとき『よろしくどうぞ』って言うの、オヤジくさいですよ」

桜田と別れた後、逗子行きの湘南新宿ラインに乗った。買い物の袋を網棚に上げて、ドアにほろ酔いの体を預けて揺られながら省三は思った。

愛人か。愛人でもいたら、どんなに楽なことだろう。好きなときに行けば、電気もあるし風呂にも入れる。簡単な料理だって出してくれるかもしれない。頭なんか悪くていい、ちょっと涼しい感じのする女だったら年もどうだっていい。愛人にだったらだらだらと甘えることだってできるかもしれない。

まあ、これこそが妄想だ。

俺は昔から人に甘えるのが下手だった。かわいげがないと母に言われたが、今思えば、そんなところこそ母にそっくりなのだった。

火曜日、新しいスーツを着て省三は出勤した。桜田は昨日の礼も言わずに澄ましていた。

仕事が味気ないのはいつものことだが、彼は自分を紙の上に住んでいるようだと思った。自分自身がボールペンか鉛筆のか細い線で描かれたデッサンのようなのだった。立体感も影もない。この世界に対する自分の関与は、電話をしながらメモ帳にらくがきした線のように薄くて、意味が感じられなかった。

水曜日は課長の竹下のお伴で公用車を運転し、玉川支所に行った。竹下は饒舌《じょうぜつ》だが自分のことしか言わないので楽だった。子供の受験だの、男だけで行った韓国旅行のことだの、メタボだと妻に言われてジムに通い始めたことだの、いちいち安っぽい話ばかりで退屈きわまりなかったが省三は相槌だけ打っていればよかったし、質問や誘いが来る心配はまずなかった。

短い打ち合わせの後、そのまま夕方の会合に残る竹下を置いて、省三は帰り道に自宅の近所に公用車を停めた。

鍵穴のないドアを確認し、二度ほど押したり引いたりしてから、省三はふっと息をついた。

失望よりも、手続きを済ませた安心感があった。これであと何日かは来なくてもいい。義務は果たした。

それは長い間に身につけた公務員の習性なのかもしれなかった。

もしも今、突然家のドアが開いたら驚くだろうと思う。嬉しいだろうか。

ドアが開いて嬉しいだろうか。

そして省三は、自分が心の底で思っていたことに気づいて、激しく震えた。

いっそこの家に誰かが火を放ってくれたら、どんなにすっきりすることだろう。

死んだ人間はとっくの昔に燃え尽きたのだ。

家だって燃えてしまえばいい。

俺はそれでも困らない。

木曜の夜、省三は鎌倉駅でいつもと反対側に降り、小町通りを歩いて目にとまった飲み屋に入った。カウンターだけの店だったが、メニューは安い割には気が利いているように感じた。

隣では黒い服を着た女が飲んでいた。トイレに立つついでに、ちらりと見ると、色白というよりは顔色が悪く、なんとも言えぬ澱んだ目をしていた。

こういう女とは話したくないな、と省三は思う。機会があっても親しくなりたくないな。


金曜日の夜も黒い犬は現れなかった。

省三にとっては毎朝、ルネに「ショーチャン　ショーチャン」と挨拶されるのが、この生活の小さな楽しみだった。ルネの中にどんな言葉が存在しているのか、興味があった。

省三はルネに向かってこう言ってみた。

「一太郎やーい」

するとルネはこう答えた。

「分カッタラモウ一度鉄砲ヲアゲロー」

また、別のときにはこう問いかけた。

「身体髪膚《しんたいはつぷ》」

するとルネはこう答えた。

「コレ孝ノ終ワリナリ」

「靖子へ
鎌倉の家に来て、今日で、一週間たちました。
居候というよりも、無断で、下宿しているみたいな気分だよ。
誰も住んでいない家なのに、おまえと、子供たちとみんなで来たときと、何もかわっていません。家に入れないので、俺は、しばらくここにいようかと思います。

それにしても、家というのは、どんな家でも、俺ひとりには大きすぎる。世田谷の家みたいに、みんなの物で散らかっていればそう感じないが、ここは、なんだか風通しがよくて、すうすうする感じです。

俺は、これまでずっと、家族に恵まれていたんだな。一人暮らしなんて、この年になって初めてなんだ。

俺は、家族のために働いてると、ずっと思っていた。金銭的には確かにそうだったが、それは、自分のことを、さぼるいいわけでしかなかったんだ。俺は、自分のためのこと、趣味にせよ教養にせよ、そういうのを面倒くさがって、ずっとやらなかったんだ。

いつの間にか、家族は、誰ひとり俺のことを必要としなくなっていた。肉体的にも、精神的にも、経済的にもね。そのときになって、初めて気がついたってわけじゃない。

うすうすは、わかってたんだ。俺は、とうとう一人になってしまった。

今になって、俺がしたいことと言ったら、殆ど何もないんだ。ただ、夜明けの砂浜や、外国の白夜の街や、高原の霧のなかをおまえと二人で歩きたい。それが現実だろうが夢だろうがいい。おまえの手が冷たくたって、力が入らなくたってかまわない。ただ、途中で消えてしまわないように、しっかりとおまえの手をつかまえていたい。

梢枝がかわいがっていた、オキナインコのルネを、覚えているかい？　あの鳥が、まだ生きていて、ここの庭に住んでいる。俺は、いろんなことを、思い出したよ。

家族というのは、お互いの一面しか知らないし、見ようとしないものだね。そうでないと、一緒に暮らしたり、長いことつきあったりしていけないんだ。俺だって、おまえのことを、何もわかっちゃいなかったのかもしれないと、今になっては思うけれど、そんなこと普段から考えて、ビクビクしていたら、夫婦なんてやっていけないもんな。おまえだけじゃない。朔矢のことだって、梢枝のことだって、そうだ。子供のことを、何もかも知っている親なんて、気持ち悪いだけじゃないか。

何もかも知っていていいのは、今のおまえみたいな立場になってからかもしれないな。

俺は、子供の頃からおじさんのことが、本当に好きだった。物知りだし、愉快だし、趣味がたくさんあってかっこいいと思っていた。でも、知っていて認めたくなかったことがある。いつも頭から、追い払おうとしていた。おじさんが、東京に、いられなくなったのは、悪い癖があったからなんだ。俺は、おふくろからそれを聞いたんだが、久しぶりに思い出したよ。もう今となっては、笑い話かな。

市ヶ谷の家に住んでいた頃、おじさんは、あっちでもこっちでも、食い逃げをしては捕まっていたんだ。しかもそれが、銀座の寿司屋だとか、神田の鰻屋とか、白金《しろかね》のレストランとか、俺なんか行ったこともないようなところばっかりだ。財布はちゃんと持っていて、中身も入ってる。払えるのに払わないんだ。喧嘩をするわけでも、暴れるわけでもなくて、しれっと出てきてしまうんだ。一度だけなら出来心とでも言うんだろうが、常習犯だからタチが悪い。女癖が悪いよりはマシなのか。だが身内としては、恥ずかしいことこの上ない。おじさんは、よく板前さんにボコボコに殴られて、おばさんが、泣きながら謝りに行って、親父も、何度か、身柄を引き取りに行った。

おじさんが、鎌倉に来たのはそんなわけだった。それ以来、おじさんが外出するときには、いつでもおばさんが一緒にいた。もちろんジャンの散歩は別だよ。犬連れで飲食店には入れないからね。

ルネが、おれはだめだおれはだめだ、と夜になると念仏みたいに言うんだけれど、あれは、おじさんだけの言葉じゃなくて、うちの一族の男たちが、それこそ江戸時代の末期から言い続けてきた言葉なんだ。昔言ったと思うけれども、富井の家というのは、もともと佐久《さく》の出だった。もう今は縁も切れてしまって、親戚がいるのかどうかもわからないんだが。おふくろが言った通り、平民だよ。俺の、ひいおじいさんにあたる人は、民権家だった。明治時代の自由民権運動ってやつだよ。

一族っていうのは、不思議なもんで、普段は、ねずみ算式に、子供が増えていくように思ってるんだが、逆に、自分の側から、さかのぼっていくと、俺に対して親が二人、そしてじいさんばあさんが四人、ひいじいさんひいばあさんになると八人だろう。そして、おまえの家の方だのなんだのとやっていたら、むしろ先祖の方が、無限に、増えていくんだな。息が詰まりそうになるほど、大勢いるんだ。そりゃそうだよな、子孫が絶えた家があっても、先祖がいない家はない。俺は、当たり前のことを言ってるかな」

8

靖子への手紙を書きかけのまま卓袱台の上に置いて、省三は街へ出た。電気やガスがないためにコーヒー一杯わかすことができないというのは、小さな不自由だが苛立つことだった。

土曜の夕刻とあって駅前のコーヒーショップは混雑していた。レジで買ったコーヒーを手に、席が空くのを待とうか、それとも店から出て行こうかと省三が思案していると、

「あの、こちらどうぞ」

と、いう声がした。

見回すと、小町通りの飲み屋で見かけたことのある、あの顔色の悪い、黒い服の女が、省三にむかって軽く手をあげていた。

「いや、いいんです。どうぞごゆっくり」

「いいの。どうせ出るとこだったんです」

女は、慌ただしく荷物をまとめ、席を立った。

じゃあすみませんと言って、女が譲った席に座り、コーヒーをすすった。タバコを一本吸い終わったところで、組み替えようとした足に何かがぶつかった。テーブルの下を覗き込むと、小さな手提げ付きの紙袋が残されていた。特に封もしていなかったので見ると、文庫本が三冊入っていた。

いくつか買い物をして、時間をつぶしてから省三は紙袋を提げて小町通りの店に向かった。

女将《おかみ》は省三の顔を覚えていて、

「あら、今日は早いのね。生でいいかしら」

と、笑みを向けた。

「うん生で。それと、この前ここに座ってた女の人なんだけど」

「はい？　千夏ちゃんのことかな？」

「名前は知らないんだ。黒い服着てバージニアスリムライト吸ってる人」

「それ千夏ちゃんよ。どうかした？」

「ついさっき駅前のコーヒー屋ですれ違って、忘れ物。後で渡してもらえるかな」

「あら大変。電話してみるわね」

女将は少しの間奥に姿を消したが、戻ってくると言った。

「今日お見えになるそうです。もうあと二十分もかからないって言ってたけど、お待ちになれる？」

女は店に入ってくると、省三に頭を下げて言った。

「すみませんでした。わざわざ届けてくださったのね」

「いや、どうせ飲もうと思ってたとこだったから」

「助かりました。ありがとうございます」

「中を見ちゃ失礼かと思ったんだけど……サルトルなんて読むんですね？」

岩波文庫の『自由への道』の前半の三冊を紙袋の中に見つけた省三は、千夏という名の黒い服の女に好ましさを覚えたのだった。

「主人の父が欲しいって言ったんで、買ったところだったんです。私もあとで読みたかったし」

「久しぶりの新訳だもんね。新聞の書評で見ましたよ」

女は微笑んで、頷いた。

「あの、富井と言います」

「私、籠原《かごはら》と言います。籠原千夏です。もうすぐ主人も来ますんで、よかったら一緒に飲みませんか？」

「籠原って、駅の」

「そう、あの字です。画数が多くて……」

籠原の駅といえば、あれは住民課のときだったか。後輩のお父さんが亡くなってお通夜に駆けつけたのだ。埼玉の本庄まで行こうとしたんだが、途中の籠原駅で車両が切り離され、後ろの方に乗って寝ていた俺は危うく取り残されるところだった。まさに原っぱの真ん中でカゴを乗り換える、そんなイメージだった。人も少ないし、周りは真っ暗だし、なんとも不安を感じる場所だった。

やがて、籠原氏がやってきた。妻とは違い、小柄だが目鼻のきりりとした健康的な男だった。年は四十過ぎといったところか。

「いや、お世話かけましたそうで、すみませんでした」

「富井さんっておっしゃるの」

「じゃあ富井さん、初めましてってことで。どうもこのたびは」

籠原氏は、形だけ乾杯の仕草でジョッキを上げると生ビールを勢い良く飲み干して、やや早口で言った。

「ほんとにね、千夏はなんだって忘れてくるんですよ。買い物行ったら自転車忘れて歩いて帰ってくるし、クラシックギターを習ってたときも楽器を電車や駅に忘れてきてた。あんな大きい楽器をね。横浜の髙島屋じゃあオレがおきざりになったこともあったしなあ」

「でも不思議となんにもなくしたことないのよ。お財布だって出てくるし。あなたはとられる心配ないし」

「俺は……忘れるって言うより、忘れられる方だなあ」

言葉が出てしまってから、愚痴っぽいことを言ってしまったと思ったが、彼らはそうはとらなかったようだった。

「人にですか？　待ちぼうけとか？」

屈託《くったく》のない表情で、籠原氏が問いかけてきた。

「いや、子供も大きくなって出ていっちゃったし、俺なんか完全に忘れられてますよ。

それに、変なことがあった」

「変なことって？　なんでしょう」

「前にね、ビジネスホテルに泊まったんだけど、外出して……あとから荷物を取りに行ったら、その場所にホテルがないんですよ。間違えようがない場所なんだけどね。近所の人に聞いてもそんなものはないと言うんだ。まるっきり最初からなかったみたいな様子だった。あれは、今考えると……場所自体が俺を忘れてしまったんじゃないかなって」

「場所が人間を忘れる、ですか」

「きっと、富井さんには必要のない場所だったんですよ。一度は必要でも、きっと最終的には」

省三は籠原夫人を横目で見た。

顔色の悪さも、澱んだ目も前に見た通りだったが、黒い服は前ほど貧相に見えなくなったし、何かが崩落するような笑いは決して感じが悪くはなかった。

「案外、別次元への入り口だったりしてね。ばかばかしいか」

省三は自分で茶化すように言ったが、家の鍵穴のことや、役所での実感のない感じや、突然現れてそれっきりの黒い犬や、度重なるおかしな夢、それらを別次元とのすれ違いと表現してしまえば、信じないにしてもその方がしっくりくるような気もするのだった。

「うんうん。でも僕なんか思うのはですよ、『忘れる』っていうのは、常に一方的だ。あれはエネルギー交換の発生しない暴力なんですよ。だから残酷なんです。人間だってモノだって忘れられるのはつらいですよ。千夏にはいつも、物事をおろそかにするなって言うんですけどね。逆に言えば、どうしても許せないことがあったときは、敢えて暴力を行使すると思って僕は積極的に忘れてやりますね」

口調が熱くなりがちな夫にたしなめるような視線を向けてから、籠原夫人がゆっくりとした口調で言った。

「子供は、親を忘れていないと思いますよ。若いときは忙しいから連絡とれないこともありますけど。だんだん親に似てくるといやでも思い出しますから」

やがて気持ちよく酔いが回ってきた。こんなにくつろいで人と話すのは久しぶりのことだった。

「いいね、夫婦で外で飲むっていうのは」

省三は言った。特別なことではなく、日常にこういう楽しみがある二人が羨ましくもあったし、好ましくもあった。靖子とこんなふうに飲めたらよかったな、とも思ったが、特にさびしさも悲しさも感じなかった。

「うちは子供がいないから、だから僕らがいつまでも遊んでばっかりだってオヤジには言われるんですけどね。富井さんは奥様と二人暮らしですか?」

「妻は、三年前に亡くなってね」

「そうでしたか。すみません」

「いやいや、ひとりだから気楽なもんだよ。家は世田谷にあるんだけど、今は伯父が残した家に来ていて、それで鎌倉にいるんだ」

「あら、別荘暮らしね」

籠原夫人が笑みを浮かべた。

「そんないいもんじゃないけど」

まさか電気もガスも止まった家に、半ば不法侵入のようにして滞在しているとは言えまい。

「鎌倉はいいでしょう? 都内みたいにごみごみしてないけど、田舎とも違うし」

「東京みたいにどんどん変わらないところがいいね。籠原さんはずっと、鎌倉?」

「僕はね。千夏は戸塚です。僕らなんか滅多に東京までは行かないですよ。行ってせいぜい横浜かな」

「横浜にだって行かないくせに。あなたが行くのは魚が待ってるとこだけでしょ」

「釣りですか？」

「ええ。富井さんもおやりになります？」

身を乗り出した籠原氏に夫人が嫌な顔をした。

学生時代の友人に誘われてバス釣りには行ったことがあったが、食べない魚を釣るということに抵抗があったし、獰猛《どうもう》なブラックバスをおかしな形のルアーで挑発するというやり方が好きになれなかった。磯釣りだったら、もし父がああいった形で死んでいなければやってみたかった、と思ったこともある。

「僕はやらないんだけど、羨ましいな。自分で魚捌《さば》いたりもするんでしょう」

「そりゃあもう。自分でやらなきゃ誰もやらないですからね。そうだ！」

籠原氏が大きな声を出すと、すかさず夫人が応じた。

「そうよ！」

「明後日ですよ。あいてますか？」

「明後日？」

月曜日は祝日だった。

「来ていただきましょうよ、ねえ」

「あの、なんのことです？」

「魚が釣れたらっていうのが前提なんですが、みんなでブイヤベースを食べようと思ってるんですよ。よかったら家に来ませんか？」

「いや、そんなご迷惑でしょうから」

「もしお嫌じゃなかったら来てくださいよ。釣り友達が一人と、あとは家族だけです。もう、ほんとに遠慮なくどうぞ。ただしボウズだったときはメニューが変わります」

「富井さん、鎌倉文学館わかりますか？　じゃあ十一時半に来てくださいます？　私お迎えに行きますから」

　二日後、籠原夫人と待ち合わせをして案内された家は「屋敷」と呼んでいいほど大きな家だった。由比ヶ浜には昔からこういう家がある。広い庭はよく手入れされた芝生で覆われ、秋のバラが濃い色の花をつけていた。

「富井さんいらっしゃい。魚、見ますか？」

　厚手の、紺色のエプロンをした籠原氏がうれしそうな顔で現れて、台所に省三を招いた。

　大きな頭、大きな眼、それに背びれに鋭いとげを持った暗赤色の魚が平たい笊《ざる》に並べられていた。

「すごいね。これ、カサゴ？」

「そう！　カサゴです。あと仲間みたいなもんでこっちがメバル。いつでも釣れる魚なんですけど、旨いダシが出るんで、それでブイヤベースを考えたんです」

「これ、何センチくらいあるの？」

「二十五センチと、小さい方は二十センチと十八センチってところですか」

「大したもんだ」

「いや、そんなことないですよ。富井さんさえよかったら今度誘いますよ。朝ちょっと早いですけど」

千夏がやって来て、省三を食卓へと案内した。中庭を囲むようにL字型に配置されたリビングもダイニングも十分に広く、使い込まれた家具類は、一目見ていいものだとわかった。ダイニングテーブルには明るい格子模様のクロスがかかっており、テリーヌや生ハムといったオードブルが並んでいた。

籠原氏の父は真っ白なヒゲをたくわえていた。厳しさは感じられないが力のある目つきをしている。なるほどこの人がサルトルを楽しみにしていたのか、と省三は思った。フランス文学のことを聞いてみたい気持ちになったが、サルトルは『嘔吐』しか読んでいないし、それさえも内容をすっかり忘れてしまった自分の恥を晒《さら》すだけだと思ってやめた。

柴ちゃんと呼ばれる男は、茅ヶ崎の寺の跡取り息子だと言った。籠原氏の友人で、釣り仲間だった。省三が手土産に持参した新潟の地酒を一番喜んだのは、柴ちゃんだった。

「越州は壱からはじまって悟《ご》とか禄《ろく》とかいろいろあるけど、参乃《さんの》越州だけあれば十分ですよ。いや、これはいい酒です。飲み飽きないし、どんな食事にも合うし。僕は仕事柄っていうか、妙に高級な酒ももらうことあるけど、飲み飽きちゃうんですよ。特に吟醸はだめだ」

「ワインの方がいいかと思ったんだけど、何も知らなくて」

省三が照れると柴ちゃんは、

「いやあ、魚に合う白ワインなんてなかなかないんですよ。大抵は生臭くなってだめだね。変な料理じゃなければ清酒の方がよっぽどいい」

と、よく響く声で言った。

「生臭いのは柴ちゃんよ。坊主のくせに釣りだなんて」

横から籠原夫人がからかうと彼は鷹揚《おうよう》な態度で答えた。

「感謝しながら食べることが供養なんだよ。まあそういう意味では食べるのも仕事ってことだ」

リビングのソファでくつろいでいた青年を見て、省三は驚いて叫んだ。

「乙！」

しかし、顔を上げて省三を見た相手には何の反応もなかった。形だけ会釈のようなものをすると、また雑誌を広げて読み始めた。

「タモッちゃん、こちら富井さん。ちゃんと挨拶して」

ああ、と言って彼は立ち上がり、

「保です。千夏の弟です」

と言った。

省三は人違いを恥じるとともにがっかりした気分になった。少しかすれる癖のある声は確かに姉に似ていたが、乙とは全く違うものだったからである。

「すみません。いい年して人見知りで」

顔はたしかに乙にそっくりだが、乙のような強い感じはしない。次元違いの乙というところか、と省三は心の中でひとりごちた。


やがて香草の匂いがするホーローの鍋が二つ、台所から運ばれてきた。篭原老人がシャンパンを開け、皆のグラスに注ぎながら言った。

「柴ちゃんはいろいろ言うけど、シャンパンは羊羹《ようかん》にだって合うんだぞ」

柴ちゃんは苦笑し、それまで黙っていた保が、まるで独り言のように言った。

「ドイツだったっけ、僕はあんまり好きじゃないんだけどアニスとクルミの入ったお菓子があったよね。ちょっとねっとりして重たいやつ。あれ食べたとき、羊羹に似てるなあと思ったよ。あれはブランデーで食べるのかと思ったけどシャンパンって手もあるのか、そうか」

最初に見たときはどきっとしたが、喋っていれば保は乙には全然似ていなかった。体は大きいが、線が細くて神経質な話し方には、姉の持つ不健康な印象と重なるものがあった。

彼らは省三の知らないイタリア映画のことを話していた。だからと言って疎外感は全くなく、省三の飲み物のことを気にしたり、同意を求めない笑みを向けたりする。感じのいいやつらだと省三は思った。

「富井さん、映画はごらんになります？」

籠原氏が水を向けた。

「イタリアだったら、そうだなあ。マストロヤンニなんて好きだったね。フランスだとちょっと古くて、今の人は知らないだろうけどルイ・ド・フュネスのコメディなんか。今のお笑いの元祖みたいな感じだね」

「マストロヤンニとジャック・レモンの映画、あれなんだったかしら。おじいさんになってからのやつ」

「『マカロニ』でしょ。姉さんが好きなのは」

「そうそう。『マカロニ』。私、好きだったなあ」

「いつもそう言ってるくせに忘れるんだから」

「僕はルイ・ド・フュネスが懐かしいね」

と、籠原老人が言った。

「あの人はやっぱりオマワリサンものが一番面白かった」

ああ、そうだルイ・ド・フュネスなんか教えてくれたのは伯父だったのだ。そして、俺なんかよりも梢枝の方が喜んで、あいつは子供の頃からいっぱしの映画ファンになったのだ。

こういう席に梢枝を連れてきてやったら、喜んだだろうなあ。

だがあいつは今、どこにいるのか。

オーディオの話をずっとしていた保と柴ちゃんは、食事が終わると、ハーベスのスピーカーが中古で出ているのを見に行くと言って出て行った。なんとなく手持ち無沙汰になった省三が暇を告げようかと迷っていると、籠原老人がグラスを手にして言った。

「よかったら、カルヴァドスでも。僕の書斎でどうです?」

「じゃあ、遠慮なく」

「犬がいるけれど、悪さはしないから」

犬か。また犬か、と思いながら案内された書斎にのっそりと立っていたのは大きなボルゾイで、省三は腰を抜かしそうになった。背の高さは机ほどもあり、犬というよりむしろヤギの仲間かなにか、少なくとも草食動物に思えた。顔は不自然なほど細く長く、目は大きく、長い毛に包まれた姿は少女漫画から抜け出してきたようでもあった。

「ボルゾイですか。見たのは初めてです」

多分、犬には俺が不気味だと思っているのが伝わっているのだろうなと思いながら、省三は言った。

「もう、おじいさんでね。十三歳なんですよ」

「ロシアの犬でしたっけ」

「そう。元々はね。最初はこいつにロシア語を話しかけて勉強しようなんてことを思ったけれど、こんな芸当になっちゃった」

籠原老人はくすくす笑うと、三つ四つロシア語らしき言葉を犬に話しかけた。好きで仕方がないといった様子で主人を見上げていた犬はくるりと回れ右をして歩いて行き、部屋の隅のクッションの上に丸くなった。

「つまり、寝ちゃうんです。何を喋ってもだめ」

「ロシア語だけなんですか？」

「そう。一般教養の学生みたいだね」

「はは」

カルヴァドスをブランデーグラスにゆっくりと注ぎながら籠原老人が聞いた。

「富井さんは、どんなお仕事をなさってるんですか」

「公務員です」

「鎌倉市役所？」

「いえ、東京に通ってます」

「ああ、そうなの。それはいいね」

なにがいいねなのかわからないが、その話し方がやけに懐かしく、今はこういう大人はいなくなったなと省三は思った。

学者であろうことはなんとなく察しがついていたが、天井まである作り付けの書棚を見た省三は、蔵書の種類の多様さに驚いた。

「失礼ですが、ご専門はなんですか」

「地質学ですよ。今はもう大したことはやってないね。前に考えたことをまとめたり、資料を整理したりしてるよ」

「すごい蔵書ですね。あらゆる分野がある。図書館みたいですね」

省三は廊下の壁面をいっぱいに占領した父の本棚と狭い書斎を思い出し、そのみすぼらしさを思い出して少し心が痛んだ。そして、父がもしも生きていたら老人になっていたのだ、という当たり前のことに思い当たって、その顔立ちが想像できないことを苦く感じながらリンゴの酒で喉を熱くした。

「しかし立派なお家ですね」

「ここは僕じゃなくて死んだ妻が相続したものだったからね。僕なんかが育ったのは東京で借家だったよ。牛込《うしごめ》のちょっとごみごみしたところ。あの頃は貸家が多かったんだね」

「牛込ですか。私の父が育ったのは市ヶ谷でした」

「市ヶ谷は近いな。お父様はご健在?」

「いえ、もうずいぶん前に」

「そうですか。まあ僕の友達だって残ってる人の方が少ないからね」

「失礼ですが何年生まれですか?」

「大正十三年」

「お若いですね。とてもそうは見えない。父は昭和二年でした」

「いやいや、あちこちガタがきてますよ」

「もしよかったら、その頃のことを話してくださいませんか? 父が育った時代のことに興味があるんです」

籠原老人はグラスを傾けながら話し始めた。

僕は元々江戸っ子ってわけじゃなくて、父は愛媛の出身なんだ。元々の出は下級武士だったし、兄弟も多くて貧しかったらしい。父は松山で伊予鉄道の仕事をしていたんだけれど、そこでコネを見つけて東京に来て国鉄で働くようになったんだ。それであちこち住んだみたいだけれど、僕が物心ついたときはもう牛込だったね。前置きはそんなところです。

僕の記憶で言うと昭和の五、六年というのはね、東京の旧市内が見違えるようになった頃なんだ。みるみるうちにアスファルト舗装が敷かれてね。車も急に増えた。医者の往診が人力車だったのが自動車に変わったのは、多分あの頃だよ。円タクなんてのもあったけど、僕らが使うのは市電だった。市電は当時七銭だったね、四谷から築地までの特区だけが五銭だった。

なんで東京の街が急に変わったかと言えば産業が発展して、それをインフラに回したからだよ。なにもかもが軍事予算じゃあなかったんだ。ロンドン海軍軍縮会議って知ってるかい？　うん、そうそう。世界的に軍縮の動きがあったんだ。確かに。

そう、そのあと、昭和十年くらいだったかなあ。僕のおじさんは海軍だったんだけど、毎日軍服を着て出かけてたのが、背広で出かけるようになったよ。どうしてって、その時期は軍人の評判が良くなかったんだ。そんなこともあったんだよ。

だがどうしても歴史っていうのは一つのベクトルで後世に伝わってしまう。みんな迷ってたんだ。僕たちだってどうなるかわからなかった。あとの人が言うように軍国主義に一直線ってわけじゃなかったんだ。どちらに転がるかわからなかった。どうかしたら、ずいぶん違う世の中だったかもしれない。

僕は生意気な子供でね。歴史の授業で万世一系のことがでて「じゃあエチオピアはどうなんですか」と質問したら歴史の点がつかなかったんだよ。本当は歴史の勉強がしたかったんだけどね、しょうがないから理学部に行ったんだ。

二十歳のときに徴兵検査は受けたんだけれど、理系だったから、入営延期で結局行かなかったんだ。北大だったから僕は樺太《からふと》で飛行場を作っていた。ずっとじゃないよ、夏休みだけさ。普段は学生だから勉強していた。北海道は空襲がなくてよかったけど、学生はやっぱり食べる物がなくてつらかったよ。いざ戦争が終わったときはロシアに占領されるんじゃないかって気をもんだしね。

まあそんな感じだったよ。戦後は地質調査ばっかりやってたんだけれど、そのうちに東大で教えて、途中でグラスゴー大学に行ったり、最後は東海大だったね。

「昭和三十年代はどちらにいらしたんですか？」

省三は、一息ついた籠原老人をまっすぐに見つめて言った。

「前半はまだ東大だったかな」

「父を、ご存知ではありませんか？　国語学者で富井清吾《せいご》って言うんですが。先生と同じ頃、東大におりました。あとは国語研究所に」

「うん、面識はないけどね。あの人は専門以外にずいぶん熱心に外国語や外国文化の勉強もしていたらしいね。そうか、あなたはあの人の息子さんか」

「はい」

「詳しいことは知らないが、若くして亡くなられて残念だと思っていたよ。苦労したんだね」

面識がないと言われているのに、父の友人に会えたような気分だった。省三は涙ぐみそうになっていた。


「おい、ボルゾイ」

籠原老人が用足しに席を立つと、省三は部屋の隅にいる顔の長い犬にむかってこう言った。ボルゾイは妖怪のように落ち着きはらって省三を見た。

「犬の七福神って、一体なんなんだ」

すると犬は答えた。

「花は忘れた頃に咲く」

答えにもなっていないが、はっきりとそう言った。

結局、籠原邸を出たのは夜の八時過ぎだった。

千鳥足でバス通りを横断し、細い路地を繋ぐように歩きながら省三は考えていた。

女は籠原夫人ひとりだった。

まさか。

と、省三は思う。

七福神ってわけじゃないだろうな。

魚を見せびらかす籠原氏を見て思ったんだ。恵比寿様じゃあるまいしって。そうすると、柴ちゃんが大黒天か。保は毘沙門天ってわけか。籠原老人は寿老人だろう。老人がもうひとり必要だ。あの、頭の長い、妖怪みたいな福禄寿。妖怪だと？

まさかボルゾイじゃあるまいな。

そう思いついてぞっとした。

じゃあ、俺はなんだ俺は。

布袋か俺は。

あの腹の出たやつか。そりゃ多少は出てないこともないが、あんなだらしなくはないぞ。ビシッとしているとは言いがたいが、これでもまだ公務員には見えるはずだ。

そう、布袋って人は中国の坊さんだった。でかい袋を持って放浪していたんだ。あれは神様じゃない。七福神の中でも布袋だけが実在の人物だったのだ。

まさか。

俺だけが実在なのか。

あとの連中はみんな虚構だったとでも言うのか。

ああ、また変なことを考えてしまった。

だが、この次あの家を訪ねても、ホテル・プレクサスと同じで、どこにもあんな家はないような気がしてくるのだ。あの、気持ちのいい連中は、乙と同じように次元違いのどこかに住んでいて、二度と会えないか……二度と会えない方がまだ、いいのか。目の前にいて、忘れられてしまうより。

もう長いこと、楽しい日なんてなかったが、二度とないような楽しい日の終わりっていうのは、うすら寂しい、落ち着かない気分になるもんなんだな。

夜も更けて、材木座界隈は静まり返っていた。

ほろ酔いで帰ってきた省三は、仰天した。

伯父の家の玄関に煌々《こうこう》と明かりが灯っていたからである。

9

玄関先に立った省三の首筋から背中へ、ひやりとするような汗が流れた。

誰が来てるんだ。

それが誰だったとしても、省三よりは伯父の家にいる理由のある人間に違いなかった。不法滞在の言い訳が、通用するだろうか。

そもそも言い訳なんてできるのか。

事実を話せば話すほど嘘くさいじゃないか。

どうする。この家に来ている者と顔を合わせてから出て行くのか、それともこっそりここで回れ右をするのか。

伯母かもしれない。

もしもそうだったら一目会いたい気はする。上がり込んだ無礼を詫びたい。伯母だったら俺のことを責めたりはしないだろう。

省三には、まだ伯母に甘えたい気持ちがあるのだった。だが伯母だって高齢だし、そもそも夜に出かけるような人ではない。そして今は別の家のひとである。

じゃあ、誰なんだ。

俺はまた、追い出されるのか。

夜だっていうのに。ほろ酔いで、せっかくいい気分で帰ってきたっていうのに。

家から追い出され、ホテルから追い出され、伯父の家からも追い出されるのか。

どこへ行きゃいいっていうんだ。

どこで寝ろっていうんだ。

また着たきりで役所に行くのか。


オキナインコのルネが、玄関の内側で「タンク・タンクロー　ハ　ココニハ　イナイヨ」と、鳴いていた。

なぜルネが家のなかにいるのか、省三にはわからない。

幾許かして、奥から出てくる足音が聞こえた。そして、玄関の三和土《たたき》に下りる気配があり、こちらをじっとうかがっているようだった。

省三は、思い切って言った。

「夜分にすみません。富井省三です」

こむ　からこむ　からこむ　から
玄関の引き戸についた山羊の鈴が鳴った。

「……お父さん？」

眠っているところを起こされたときのように不機嫌な、だがどこかのんびりしたところのある声とともに、娘の梢枝が顔を出した。

なんと言っていいのか、しばらくわからなかった。

「……いや、参ったな」

我ながら間の抜けた声が出た。

「おまえがここに来るなんて……」

「それはこっちのセリフよ」

夫婦喧嘩をしたときの靖子の口癖と同じことばを梢枝から聞いて、省三は思わずくすっと笑った。梢枝はその笑いを解しかねるといったおももちで省三を睨みつけていたが、女主人のような貫禄で言った。

「とにかく入ってよ」

「ちょっと、トイレ」

省三は梢枝の横をすり抜けた。

小便器の前に立って、やや長めの用を足しながら省三は、ほんとうに梢枝なのか、と独りごちた。騙されているんじゃないか。もしかして梢枝の顔をした化け猫かなんかじゃないだろうか。

七福神だって出てきちまうんだ。ここんとこの俺は、俺というよりも俺の周辺は全くどうかしているんだ。

トイレから出ると、見覚えのない大きな鳥籠に梢枝がルネを誘い込もうとしていた。ルネはそれをゲームのように面白がって、梢枝の頭の上で羽ばたいたり、籠の上に止まってギャアと鳴いたりした。

「籠に入れるのか」

「うん」

「入らないだろう。外にいたんだから」

「連れて行こうと思って」

「どこに」

「長く出かけるときにかわいそうだから」

だが、梢枝が諦めて茶の間に向かうと、ルネは勝手に籠の中に出入りして、新居の品定めをするかのように時折首をかしげていた。省三はそれをしばらく見ていたが、小さい声で「ルネ、おやすみ」と声をかけて梢枝のいる茶の間に入った。

卓袱台の前に座り、黙って梢枝が注いでくれたペットボトルの煎茶をごくりと飲んで、省三は尋ねた。

「おまえ、ここに住んでたのか」

二年ぶりの親子の再会の言葉としては、実に間が抜けている。

「住んでるっていうか。うーん、仕事であんまりいないけど」

梢枝の答えもまた、要領を得ないものだった。

「伯母さんは知ってるんだろうな」

「だから伯母さんにここにいてもいいって言われてるんだってば。いるときは掃除して、現状維持っていうか、とにかく、ちゃんと話してあるんだから」

やや口調にいらだちが見られたが、昔からそんな物言いをする娘だったから気にならなかった。

誰に断りもなく居候しているのは俺の方だ。

「そうか伯母さんは元気だったか。よかった……」

「うん……」

「だけどおまえ、ほかの荷物はどうしたんだ。何もないじゃないか」

「友達んち」

「友達だと」

「……一緒に住んでたんだけど、だんだん仲悪くなって、だめになっちゃった。だから殆ど置いてきた」

「男か」

「……うん」

省三は大きなため息をついた。

そんなことがあったのか。俺の大事な娘に、そんなことが。

それでも実家に帰って来なかったのか。

「それで、どうしようかなって困ってるとき、伯母さんに会ったの」

「お墓でか」

「うん」

梢枝は頷いた。

祖父や伯父たちの、言わば富井本家の墓と、父と靖子が入っている墓は同じ小金井の墓地にあった。日々死んだ妻のことを考えているくせに、省三が墓地まで足を運ぶことは滅多になかった。そこに死者はいないと思い込んでいるふしがあった。

だが、梢枝は以前から学校の帰りだのなんだのと言っては、こまめに墓参りをしていた。お墓に行くと落ち着くのよ、などと言ったこともある。

「今でも行ってくれてるのか」

「こないだは、伯父さんの命日だったから」

省三は、伯父の命日を失念していた。誕生日とか命日とかいうものは一覧表にしておかないとどんどん記憶から失われてしまう。

「お父さんこそ、なんでここにいるのよ」

「なんでって……」

「ゴミ屋敷が嫌になって逃げ出したの？」

「そうじゃない。俺は閉め出されたんだ」

「閉め出されたって、一人で住んでるくせしておかしいじゃん」

「俺だっておかしいと思ってる。鍵穴がなくなったんだ」

「はあ？」

「だから鍵穴がなくて、鍵が入らないからドアが開かないんだよ」

梢枝は笑い出した。

「なにそれ。それってオカルト？」

「笑うなよ。大変なんだ。ほんとに」

「それさあ、きっとお母さんだよ。お母さんが閉め出したんだよ」

「俺はそういう考え方は好きじゃない」

「わかってるって。でも、結構あるらしいよ。不思議なことってさ」

結構あるらしいどころじゃないんだ。

省三は苦々しい思いで話題を変えた。

「電気はどうして点いたんだ」

「料金、払ったから。ガスも通ったよ」

「未払いで止められてたのか」

「請求書は持ってたけど、どうせ私ずっといなかったんだもの」

「どこにいたんだ」

「北海道。ロケハンしてたの」

「ロケハン？　ロケハンってなんだ。仕事はどうしてるんだ」

「私、映画の仕事してるの」

「映画だと？　なんでそんな仕事」

「ヤクザな仕事って言いたいんでしょ」

「そうじゃない。だけどもっと、なんていうか、安定した仕事して欲しいじゃないか親としては」

こんなことは言いたくないと思うことばかりが口をついて出てしまう。久しぶりに会って質問ばかりになってしまうのは不本意だが、たった一人の親なのだから仕方がない。どこかで娘が一線を引いて答えるのをやめてしまったら、それは困る。だが、親として娘の顔色を窺うような真似はしたくないと思った。

「親として」とか「俺の娘」といった言葉を考えはしたが、省三は自覚もしていた。かれのなかでそれらはつるつるとから回りしてしまう嘘っぽい言葉だった。

「お母さんみたいなこと言わないでよ。好きなことしなさいって言ってたじゃん、お父さん」

確かに言った。靖子が死んだ頃だった。若いのに看病でつらい思いをさせたから、好きなことをやれ、と言った。

「映画なんて、そんなんで食っていけるのか」

「かなり厳しいけどなんとか、下っ端からちょっとだけ脱出したとこ」

本当かよ、と省三は思う。実力の世界というのは、夢みたいな世界なんだ。若さだけでつっぱっていても、気がついたら手の中には後悔しか残っていないかもしれないんだぞ。

「私ね、意外と体育会系なんだ」

「体育会系？」

「この仕事してみてわかった。結局映画って『組』だから大人数でやっていくわけじゃん。体育会系に耐えられないと残っていけないんだよ」

「そんなもんかね」

「ウチじゃ体育会系って誰もいないよね」

「おばあちゃんがそうかもしれないぞ」

「おばあちゃん？」

「ああ」

「……おばあちゃん、どうなの？」

声をひそめて梢枝が聞いた。施設に行く前の修羅場も見ているし、孫である自分を別人と間違えられてがっかりしていたこともあった。だが、梢枝が施設に行ったことはない。

墓参りは行く癖に。

と、言いたいのをこらえた。

「うん、まあ穏やかと言っていいかな。俺と足利の姉さんがときどき行ってるよ」

「そう」

「おばあちゃんの家はな、あそこは武家だ。だからやっぱり気が強いとこがある。おまえのひいおじいさんは軍人で、日露戦争にも行った」

「そうなんだ。富井の家と全然違うね」

暗い庭から涼しい風が吹き込んできた。梢枝が立って、窓を閉めた。

「静かだな」

十日も一人でいたのに、娘と一緒になった途端、この家の静けさを感じるというのも妙なものだ。

「テレビが、ないから」

そうだ。俺はテレビばかり見ていて、娘の顔もろくに見やしなかった。くだらない番組の同じタイミングで笑い声が聞こえれば、家族団らんができていると思っていた。

私あした早いから、と梢枝に言われ、省三は和室から運んできた布団を茶の間に敷いて横たわったが、なんだか落ち着かなかった。中途半端に酒が醒めてきたせいか、うとうとしては目覚めることを繰り返すうちに、ずっと置きっ放しにしてあった靖子への手紙のことを思い出してがばと起き上がった。

手紙は、床の間にきちんと伏せて置かれていた。

読まれてしまったか。

「いや、参ったな」

だから「お母さんが閉め出した」なんて言ったのか。

「あーあ」

省三はわざとらしい声をあげて、また横になった。すぐに寝入ることもできず、何度か繰り返される浅い眠りの合間に寝返りを打った。

梢枝はもう、眠っただろうか。

本当にこの壁のむこうにいるんだよな。まるで物音がしないけど、俺の妄想じゃないだろうな。

妄想だったらどうするのだ。どうするって、どうにも出来ないが困るんだ妄想だったら。

ほかのことはどうでもいい。乙だって松木さんだって、あの七福神みたいな気持ちのいい連中だって、ひょっとしたら実在しないのかもしれないが、それでも俺は楽しかった。だからいいのだ。誰が実在しようがしまいが、俺自身が虚構の人間であろうが、もうどうだってかまわない。

だが俺の娘、梢枝だけは現実に生きている人間であってほしいのだ。

白いボール紙の上を、省三は歩いていた。

なるほど、こういうわけだったのか、それで何もかもが薄っぺらく感じたのかと思いながら歩いていた。ボール紙の表面はつるつるしていたが、雪や陶器のように光を反射することはなかった。むしろシャツの生地や蒲鉾の切り口のように、平面でありながら同時に影を持つような白だった。

そうか白というのは、光であって同時に影なんだな。

ぶつぶつと呟きながら省三は歩き続けた。

目に入るものと言えば、透き通った殻を持つ紫色のカタツムリだけで、そいつはときどき崩れ落ちてボール紙に溶けて染みを作ったり、何を思ったかまた、元の形を取り戻してのろのろと移動を始めたりするのだった。

あたりに木は一本もなかった。草も生えていない。

白くてつるつるしているが、砂漠みたいなところだ。

このボール紙の地平線から、やがて現れて華やかなファンファーレを鳴らすのは、なんという楽器だったかあれは。チューバではなく、むしろホルン、いやちがうなんとかフォン。ええと。

スーザフォンだ。

あのでっかい白いアサガオ、管の部分を体に巻き付けてやってくるのは、軍楽隊からはぐれた一人の男だ。その面影はどういうわけか、砲兵隊の指揮官で部隊のしんがりにいながら部下をなくし、馬もなくし、大砲も失ってたった一人帰ってきて勲章をもらった母方の祖父に似ていた。

日露戦争は、戦車も飛行機もない戦争だった。有史以来続いてきた人間と馬の戦の列のしんがりに、祖父がいた。

誰かが泣いているのは戦争だからか。あれは梢枝じゃないのか。梢枝が泣いているのか。あの子は泣かない赤ん坊だったなあ。小学生の時は男の子と喧嘩をして、帰ってきてから勝てなかったと言ってくやしがって泣いたなあ。そうかかわいそうに。梢枝が泣いているのか。そっちに行ってやりたいが、だめだ。俺はそろばん塾に行かなくちゃいけないんだ。そろばんなんて大嫌いなんだが、先週もさぼっちゃったから、今日こそ月謝を持っていかないとおふくろに怒られるんだ。

「いたたたたた」

――いや、現実に梢枝の声がした。

「たたたた」

省三は起き上がり、転がるように廊下に出て襖ごしに、どうしたんだと声をかけた。

ややあって、

「なんでもない」

と、不機嫌な声がかえってきた。

仕方なく茶の間に戻ってタバコに火をつけると、隣の襖が開く音がした。間延びするほどの時間が過ぎてから梢枝が、ロボットのようにぎくしゃくとしたカニ歩きで廊下を移動していく。

「ぎっくり腰か」

「うぅ」

ゆっくりと、梢枝のロボットはトイレに向かった。

トイレの中で気絶でもしているのではと心配になるほど長い時間が過ぎてから水を流す大音量が響き、壊れかけのロボットが出てきて、数十秒かかって茶の間にへたりこんだ。

「大丈夫か」

「だいじょぶじゃないにきまっててんじゃん」

「なんで、なったんだ」

「布団、上げようとして」

「布団なんかそのままでいいじゃないか」

「そういうの、結果論って言うんです」

「寝てるしかないな」

「うん。今日は寝てる」

「医者行くか」

　こんなに大きな娘を安保先生のところまでおぶっていく自信はないな、いやそもそも安保医院は今でもやっているのだろうか。

「大丈夫。二、三日寝てればなんとかなるから」

　そう言ってから、梢枝は急に目に涙を浮かべ、

「くやしいなあ」

　と言った。

「なんか予定があったのか」

「明日から熊本だったのに」

　そう言って洟《はな》をすすった。

「仕方ないだろう」

「仕方なくないよ。自治会の会合があるんだもん」

「なんだそりゃ」

「だからロケで地元の人に協力してもらうこととか、説明してお願いするの。何度も通ってやっと地主さんとかに納得してもらえたのに私が行かないと」

「代わりに、誰かいないのか」

「そうだけどさあ、だから電話するんだけど」

「そうか」

うん、と言って再び梢枝は涙ぐんだ。

「今日は俺、仕事休むよ」

「やめてよそんなの」

「おまえのごはんだっているだろう」

「寝てたら治るんだって。お父さんちゃんと仕事してよ」

「いいんだよ」

省三は携帯を見て、とっくに充電が切れていたことに気づいた。

「梢枝、携帯貸してくれ」


電話を取ったのが桜田ミミでないことに、少しだけほっとしながら同じ課の若い者に休暇を取ることを告げた。携帯を返すと、そのあと梢枝は仲間に電話をして長い間話していた。

聞くとはなしに話を聞いていて、俺たちがイベントをやるときとそっくりだな、と思って省三は笑った。会場の条件やら、天気のことやら、自治会の協力やら。しっかりやれているんだかどうだかわからんが。

十時すぎに、省三は買い物にでかけた。娘のことを思うとあれこれ迷ってしまうので、自分一人の買い物よりもずっと時間がかかった。

「今帰ってきたの?」

和室の襖をそっと開けると、梢枝はエビのように体を丸めたまま言った。

「ああ」

「変な夢みた。木が喋ってたよ」

「夢で?」

「うん。梅の木が、今年も咲きましたって。でも咲いてからが大変ですって」

「こんな季節に梅の木か」

「うん」

「梅の木が喋るんだったらウメキ声だな」

「オヤジってほんと、イヤ」

寝たままじゃ食べにくい、と言いながらも、梢枝はサンドウィッチを二口ほど食べて、

「ぼそぼそしてるね」と言った。

「コーヒー、飲むか」

省三はそう言って台所へ入った。インスタントコーヒーは買ってきたからいいとして、ヤカンはどこなんだ。

「あのね」

ヤカンの在処を教えてくれるのかと思えば、こう言った。

「お父さんが嫌いで、家出たわけじゃないから」

「ああ、わかってる」

ちっともわかっていないのに省三はそう答えた。思春期の娘に軽蔑されていた記憶の方が濃く頭に刻み込まれていたから、どうしても構えてしまう。

苦労して体を起こした梢枝は、コーヒーを一口飲んで言った。

「私、お母さんがキライだったの」

「え？」

「子供のときはもちろん好きだったけど。なんかお母さんって女っぽく振る舞ってるくせに鈍感だったじゃん。気遣いができないっていうか、そういうとこやだった」

「そうかな」

「いっつも、お兄ちゃんお兄ちゃんだったし」

「まあ、それはあったかもな」

「お母さん、おばあちゃんに嫌がらせばっかりしてたし」

「そうか」

「いつもだよ。おばあちゃん、あんなふてぶてしく見えて泣いてたこともあったんだよ」

「知らなかった」

「お父さんにはわかんないでしょ」

「うん、まあお母さんにも、ちょっと腹黒いところもあったかもしれないな」

そう言うと、梢枝は笑い出し、それからまた「いたたた」と言った。

死んだ人のことを悪く言うのはやめなさい。梢枝はずっと。

と、言われたくなかったんだろうな。

「もういいから、寝てなさい」

「うん」

だがしばらくすると梢枝がまた出てきて言った。

「ルネ、どこにいるかな」

「外に放したよ」

「そっか。退屈だから来てほしいのに」

「糞するだろ、鳥だから」

「うん……お父さん」

「ああ」

「私、治ったらロケで熊本行かなきゃいけないんだけど」

「行きっぱなしなのか」

「そうよ。だって交通費だってバカにならないじゃん。あっちでやることいくらでもあるし」

「どこに住むんだ。公民館かなんかか？」

「ウィークリーマンション」

「なるほど……」

「クランクアップしたら帰ってくるから、世田谷の片付け、手伝うよ」

「それは、俺がやる」

「一人じゃやんないでしょ。私が一緒にやるよ」

「じゃあ、そうしてくれ」

「お父さん」

「なんだ」

「あのさ、お母さんのこと。いつまでも引きずってたら、お母さんも成仏できないよ」

省三は笑った。笑いながらなんだか淡々とした気持ちになった。

「とっくに成仏してるさ」

午後の遅い時間、省三は材木座海岸にいた。

あれこれ、一人で考えたくなったのだ。

サーファーたちも、親子連れも、黄色っぽい太陽も、とんびも、何もかもが遠のいていくように感じる時間だった。長くのびた影だけが省三とともにあった。

靖子が「あの子は自分のことしか興味がないんだから」と言っていたのを思い出す。しかし、梢枝の世代はみんなそうなのではないだろうか。

役所の若いやつと飲みに行って、なにか釈然としないものを感じていたのはそれだったのかもしれない。自分自身のためにタテの繋がりを求めている。話すのも自分のことばかりだ。話を聞いて相槌を打ってくれる年上の人間を求めているのだろう。公共性はないが計算高いところはある。それは利己的というのとも違うのだ。違和感を感じるにしても、省三は若い者に声をかけられるのが嬉しかった。やはり、俺はさびしいのだろうか、いや総じてオヤジというものはさびしいものなのだ。

自分たちの世代は、若い頃もっと、社会と密接に繋がっていたと思う。繋がるもなにも、あの学生運動に翻弄《ほんろう》されたのだ。事の本質がどうかということではなく、ノンポリを決め込んだ自分だってあの現象の尻馬に乗ったわけだ。あのときは関わらざるを得なかった。あの激しさを拒否するやりかたなんてなかった。俺の時代は学生運動が、戦争の代わりだったのかもしれない。

省三より上の世代では、どんな家だって戦争に関わらざるを得なかった。望まなくても経験させられ、腹をすかせ、家を焼かれ、家族や自分の命を奪われた。戦争である以上、よその国の人間の命も奪っていたわけだ。戦争の影響を受けずに生きることはできなかった。

朔矢とは昔から、よくニュースを見て話し合った。それで親子の会話ができているつもりでいた。だが省三にとっては、さまざまな事件に朔矢という人間が全く影響を受けていないことが不思議だった。オウム事件、阪神大震災、9・11、イラク戦争、事件が起きたときには熱っぽく感想を語った朔矢が、数ヵ月、或いは一年もたってみると、それらの出来事からさっぱりと関心を失っていた。もしも省三が月のように、社会の周りで満ち欠けしているとしたら、朔矢や梢枝は彗星のようにとんでもない速さで社会から遠ざかり、また還ってくる軌道を持っているようなのだった。

醒めてしまった朔矢は、社会と敢えて距離を置いてつくづく考える、昔のインテリとも異なっていた。どうしてそう易々とリセットできてしまうのか、省三にはわからなかった。彼にとって、さまざまな事件は、四年ごとのオリンピックのようなものだったのだろうか。外から眺めて興奮することはあっても、それが自分の内面に影響することなど考えられないような。

「マスコミは信用できない」と朔矢は言っていた。その口調は驚くほど省三の弟の義男に似ていたが、それ以外の点では早い時期に日本に見切りをつけてアメリカに行ってしまった無鉄砲な義男と、嫁の尻に敷かれている朔矢はずいぶん違っている。

梢枝とそういう話をしたことはなかった。女の子というだけで扱いが難しいと思い込み、妻に任せっきりだった。

高校生のときに無断で外泊しただの、酒のにおいをさせて帰ってきただの、どこでアルバイトをしているか言わないだの、乱暴な口を利いただの、或いは何を聞いても返事をしないだの、靖子から言われれば省三は娘につまらぬ説教をした。我ながら本当につまらなかった。そういう時期の梢枝がしおらしく話を聞くわけもなく、遮《さえぎ》るように立ち上がり、黙って部屋に入って出てこなくなるのが常だった。

靖子が死んだ後は、余計どうしていいのかわからなかった。自分の把握している生活の単位が全て狂ってしまったような気がするなかで、一番おろそかにしたのは娘のことだっただろう。

だから梢枝と話し合うのは久しぶりのことだった。大人になってからは、初めてかもしれない。

死んだ人間ばかりを大切にするつもりはなくても、いつの間にかそうなってしまっていたのだ。そして、省三が自分のことばかりを考えるのは、世代がどうとかという問題ではなく、身の周りに生きた人間が誰一人いなかったからなのだった。

10

「カイシャ行ってくる」

翌朝、出勤の支度を終えて廊下から声をかけると、梢枝は不満そうに言った。

「昔から思ってたんだけど。なんでお父さんって公務員なのにカイシャって言うの？」

「いや、そういうもんなんだ」

説明できるだろうか。できないかもしれない。少なくとも、七時五十八分発の湘南新宿ラインには間に合わない。

「じゃあな、ちゃんと寝てろよ」

「言われなくたって寝てるよ」

そのまま、ルネに一声かけて出かけた。

梢枝への答えを頭の中で並べながら、省三は歩いた。

役所の人間というものは、人から憎まれるものだ。小役人だの木っ端《こっぱ》役人だの公僕《こうぼく》だのと陰でも表でも言われながら役目を果たすものなのだ。

そりゃあ、スタンドプレーの許される仕事が出来る人は気持ちがいいだろう。でも、俺たちの仕事はそうじゃない。俺たちは政治家じゃない。決められたことをきちんとやりとげるだけだ。

俺だって余計な陰口は避けて通りたい。いつどこで誰が聞いているかわからない。態度に少しでも落ち度があれば、赤の他人から「税金で食べてるくせに」と責められる。実際のところ俺はそれほど貰ってないし、君だってそんなに納めてないだろう、と言いたくても言えるわけがない。だから会社員のふりをする。役所の外に一歩出たら、たとえそれが家庭であろうとカイシャと言うのだ。役人だけじゃない、警察官だってカイシャと言う。保身というより、せめてプライベートな時間は自分を無駄な攻撃から守りたい、そういう習慣がついている。

定時まで働いて帰ってくると、茶の間で伯母と梢枝がルネの鳥かごをはさんで談笑していた。

何年ぶりだろう。伯母は明るく笑っていて、実際の年齢よりもずっと若く見えた。記憶にある渋い色合いの和服ではなく、幾何学模様のプリントのスカートと、やや光沢のある灰色のニットを着ていたせいかもしれない。

「省ちゃん」

座り直して伯母は言った。

「すっかりご無沙汰してしまって、ごめんなさいね」

「いやとんでもない」

省三も畳に座って深々とお辞儀をした。

「梢枝が大変お世話になりまして」

「その後、お元気?」

「はい。伯母さんもお元気そうですね」

顔を上げてから、省三は気づいた。

その後に当然続くべき「みなさんは?」という質問を伯母と省三は同時に引っ込めているのだった。伯母の場合にはそもそもみなさんではなく伯父しかいなかったわけだし、省三のまわりのみなさんはバラバラになり、偶然吹き寄せられたような形で梢枝がここにいるだけだ。

挨拶代わりの質問がない。

その人が好きとか嫌いとかそんなことは関係なく、縁というものはこうやって途切れていくのだと省三は感じた。

そうかと言って、思い出話を掘り起こすには時間がなさすぎた。

梢枝だけが、堅苦しいやりとりを面白がるような顔で見ていたが、省三と伯母は言葉少なにお茶をすすった。

「ごめんなさいね。夜には帰るって言って出てきてしまったものだから」

伯母は手にしていたハンカチをハンドバッグにしまい、きちんと畳んで後ろに置いていた上着を広げながら言った。

「お父さんが帰ってくるまでって、待っててくれたの」

と梢枝が言ったが、省三は別のことを考えていた。

伯母の声は、こんな高いトーンだっただろうか。もっと低くて小さな声だとばかり思っていた。

俺は今まで何を見聞きしてきたんだろう、忘れてしまったのか。なにもかも取り違えてしまっているのか。

生きている人間は修正が利くが、死んだ人間のことなんか間違えて覚えていたらそのまんまじゃないか。

俺が住んでいる、最近でたらめになってしまった世界のせいなのか。

それとも、人間がいつも同じ顔をしていたり同じ声をしていると思う方が錯覚なのか。

もともと固定のものなんて一つもなくて、全部が全部いんちきなんじゃないか。

悲しいことに、自分の娘であっても。妻であっても。

伯母は、止まり木に止まったルネの頭の後ろの羽毛を指先で優しく撫で、またくるからね、と言った。

「マタクルカラネ」

ルネが同じ声色《こわいろ》で答えた。

駅まで送ると言ったが、すぐそこでバスに乗るから大丈夫、と伯母は微笑んだ。そして、玄関先で言った。

「省ちゃん、そういえばあの花、そろそろじゃないかしら」

「あっ！」

全身がカッと熱くなった。

まずいぞ。

あれは非常にまずい。

こむ　からこむ　からこむ　から

いや、参ったな。なんとかしなくては。

茶の間で足を投げ出して、ポケットのタバコを探っていると、梢枝が身体をかばいながら、旅行鞄をひきずって出てきた。

「なにやってるんだ」

「お父さん、私行ってくる。ルネも連れて行くね」

「行ってくるって、どこへ」

「熊本。言ったじゃん、ロケだって」

「何言ってるんだ、こんな時間に」

「横浜から夜行バスがあるから」

「夜行バスだと？」

「うん」

「バスなんて身体に悪いだろう。またギクッてなったらどうするんだ。やめなさい」

「だって明日打ち合わせなんだもの。やっぱり私が行かなくちゃどうしてもだめだって……」

うーん、と省三は唸った。

梢枝は省三の顔をにらむようにして、黙りこんだ。

省三は言った。

「飛行機にしなさい。明日の朝の便があるだろう」

「高いじゃん」

省三は札入れを出し、ちょっと惜しいなと思いながら一万円札を三枚抜き取って、梢枝の手に握らせた。

「いいよ、いらないよ」

と、押し戻そうとするのを、

「あとで返してくれればいい。とにかく、飛行機にしなさい」

と、言い切った。

見栄を張って気分が良かったのは一瞬のことで、いざ引き止めてみると、ぽっかりと時間のあいてしまった娘と差し向かいの夜はすることもなくて、やはり気まずい雰囲気が流れるのだった。

「酒、まだあったかな」

「伯母さんにもらったよ。お父さんにって。あとおつまみも」

「じゃあ、いただこうか」

紙袋に入っていたサラダや中華、揚げ物などは全てデパートの総菜で、そうだな、伯母さんはもう他人《よそ》の家の人なんだもんな、と省三は思った。

「私も飲んでいい？」

「腰に悪くないか」

「わかんないけど」

梢枝はよっこらよっこらと台所に行き、コップと皿を持ってきた。


「お兄ちゃんに電話しといたよ」

デパ地下の総菜を皿に盛りつけながら梢枝が言った。省三は、梢枝のコップには少なめに酒を注いだ。乾杯ともなんとも言わずに飲み始める娘だった。

「なんか言ってたか」

朔矢には中途半端に家のことを相談したが、予定があると言われてそれっきりになっていたのだった。

「お父さんに電話しても通じないって心配してた」

長いこと、充電なんてしていなかったからだ。

「どう説明したもんかな」

「オヤジの更年期って、言っといた」

そんな言い方あるか。むっとして言い返そうとした。

その途端、ルネが叫んだ。

「ベンシチュウシ　ベンシチュウシ」

省三は梢枝と顔を見合わせた。

「あれって」

「弁士中止。つまり演説をやめろってことだ。明治時代の演説会だな」

「なんで？」

「きっと伯父さんが話してたんだよ。その頃のことを」

伯父が、民権運動をやっていた先祖の話をしていたのだ。この家で。ルネの前で何度も。

話上手な伯父だったから、見たことがなくても、大井憲太郎の真似くらいはやったかもしれない。

誰を相手に話していたのだろうか。伯母にだろうか。父にだろうか。それとも変わり者の友人たちにだろうか。

その声音《こわね》がまだ、ルネの中に残っているのだった。

蓄音機は滅び、レコードの時代もカセットテープの時代も終わったが、ルネは何十年も生きて、ランダムではあるが正確に声音を再生し続けるのだった。多分、人間の記憶なんかではなくて、ルネが再生するものだけが変わらないのだろう。

「伯父さんの名前って、周平さんだよね」

「そうだ」

いきなり何を言うのだ、と省三は思う。

「おじいちゃんが清吾さん」

「そうだ」

「あと死んじゃった人がいるんだよね」

死んじゃった人どころかあの兄弟は全員死んでいるんだが、多分梢枝が指しているのは自殺した次男のことだろう。

「寛治さんだな。俺も会ったことはないんだ。戦後すぐだったから」

「ほかにも誰かいたの？」

「オヤジのすぐ上に淑子さんって人がいて、その人は俺が生まれた後に亡くなったんだ」

「ヨシコさん？　どんな人だったの？」

「中学の先生だったらしい。子供の頃はオヤジとよく遊んだみたいだけど、大人になってからのことは詳しく聞いたことがないんだ。どうも、淑子さんの結婚相手とウチがうまくいかなかったみたいだな」

「何人兄弟だったの？」

「六人。戦前に二人、子供の頃に亡くなった。富士男さんは生まれてすぐで、信子さんはジフテリアだったかな」

「ジフテリアなんて日本にあったんだ」

「あったらしい」

「カンジさん？　その人のこと、伯母さんがよく話してた」

「ああ、伯母さんは会ったことがあるんだなあ」

照れながら、婚約者を家族に紹介する若き日の伯父の姿を想像してみる。

「自殺だったって、本当？」

「そうらしい。なんで助けてやれなかったんだって、オヤジも伯父さんもずっと心を痛めてた」

「伯母さんがね、かわいそうだったって。なんか戦前は人から左翼の本を借りたってだけで警察に引っ張られてひどい目にあったとか、身体が弱いのに召集が来て軍隊でいじめられたとか」

それでも寛治さんは内地部隊だったはずだ。南方の前線にやられ、戦闘で人を殺したことを死ぬまで引きずった周平伯父の方がよほど気の毒だと省三は思っている。

だが若い梢枝には人を殺さざるを得なかった周平さんの苦悩よりも、自殺した寛治さんの苦悩が想像しやすいのかもしれなかった。

「でもさ、なんで戦争のときにつらかったのに、戦後になってから自殺したの？」

「戦後はなあ、誰だって生きるのに必死だっただろ。でも、必死で生きててふと我に返ったときに価値観ってやつが大変わりしていたらどう思うか？　結構それはそれでたまらないかもしれないぞ」

「生きるのに必死」と「死」はぞっとするほど近い、境界線が複雑に入り組んだ場所にある。あるときは生きる方に傾き、あるときは一瞬にして死に傾いてしまう。靖子を看取って省三が悟ったことはそれだった。

だったら、必死にならない方がいい。

どうせ死ぬのなら、すみやかに死にたい。

こんな我が儘な話はないが、希望としてはそう思う。

なるほどこの病気が俺の死因か、俺の人生も終わりか、と、思ったあとはできるだけ早い方がいい。もちろんそのときに納得するかどうかはわからない。しないだろう。じたばたしたり、泣いたりするかもしれない。

だが入院なんて一週間、二週間、それでもう俺は限界だ。在宅で長く寝込んだり、母のようになりたくもない。

やすらかには無理でも、すみやかに死んでいきたい。

「お父さんっておじいちゃんに似てる？」

「いや、似てないな」

省三は即答した。いくつになっても父にはかなわない。父のことは超えられない。優秀だったが、生き難くない程度に鈍感でもあった。あれこれ悩む前に進んで行く人だった。

「じゃあさ、私、周平伯父さんに似てるとこある？」

似ていない。だが、幼い頃の記憶に残っている伯父のことが好きだから似ていたいと思うのだ。その気持ちはわかる。

だから言った。

「伯父さんが女だったらおまえみたいだったかもなあ、映画撮るとこなんか、似てるかもなあ」

「よかった」

そういえば足利の姉にも連絡をとっていないことに思い当たった。ここへ来てから母のところにも行っていない。

同じように親戚のことが頭を巡っているのだろう、梢枝が言った。

「義男おじちゃんてどんな人だった？」

「義男は俺なんかとは年が八つも離れてるからなあ。あいつは、子供の頃からなんでも一人で決める子だった。悪いことはしないけど、大人の言うことも聞かない。だからアメリカなんかに行っちゃったんだ」

「今でも、独身なのかな」

「さあ、どうしてるかな」

もう義男だって、五十だ。子供だ子供だと思っていたあの義男が五十か。

梢枝はこころもち、眉根を寄せて言った。

「お兄ちゃんのとこも子供いないでしょ。私も全然そんな気ないけど、このままだったら誰もいなくなっちゃうんだねえ」

「そうだな」

「じゃあ、ほんとに私がこの家の、最後の一人なんだ」

省三の脳裏に「末裔」という言葉がよぎった。

梢枝が寝た後も、省三はちびちびと飲みながら、考えていた。

俺だって孫は見たい。

同窓会なんか行ったらみんな孫の話ばかりだ。結婚が早い奴だともう中学生なんていうのもいる。携帯の待ち受けだのなんだの見せられて、単なる他人の子だと思っても、それでも羨ましい。孫の話をするとき破顔一笑する同級生が羨ましい。

しかしこの家。伯母は、なんとかかんとか固定資産税を払い続けているわけだ。

もちろん伯父への気持ちが一番にあるのだろう。だがそれだけで家一軒維持できるものか。

伯母は、もし再婚相手が亡くなったらここに戻ってくるつもりではないだろうか。高齢で再婚するくらいだから、そりゃあ相手のおじいさんとは仲がいいのだろうけれど、義理の子供だの義理の孫だのと完全にうまく行くということは考えにくい。どんな家だか知らないが、遺産目当てと思われても仕方がない。

きっとこの鎌倉の家は伯母の覚悟なのだ。

じゃあ俺はどうだ。

インフレのときにオヤジが家を建てたはいいが、俺が相続するのだって大変だった。今ではもう不可能と言ってもいい。朔矢にも、梢枝にも相続させてやれない。税金で生きている俺が税金を払えるだけの財産を持たない。

自分が死んだら、あの家は取り壊されるだろう。たかだか七十坪の土地が、三軒かどうかすると四軒に分割されてぴったりくっついた建て売り住宅に変わる。白く塗られた壁をくりぬいた急勾配の半地下のスペースは、ドアが開くのかと心配になるほど狭い駐車場になり、そこに品川ナンバーをぶらさげたボルボだとか、どうかするとポルシェが入りきらずに顔を出していたりするのだ。

極めてありふれた眺めではあるが、あれはやりきれない。うちがああなるとは考えたくない。

「省三さん」

外から低い声がした。すぐに網戸を開けると、いつかの黒っぽい犬が、縁側の下からこちらを見上げている。

「水を一杯、くれないかな」

省三は、すぐに小鉢に水を入れてやった。

「全然来ないから、どうしたかと思ったよ」

「どうしたも何もないさ」

「籠原さんの家でボルゾイに会ったよ」

「あのじいさんか――」

「おまえさんのことを言おうと思ったけど、名前もわからなかったし」

「名前なんてないよ。死んでるんだから」

「どうした、今日は機嫌が悪いのか」

「あんたがいい気になってるだけだよ」

「俺が？」

犬は、赤味がかった眼で省三を見た。

「いくらなんでもあんた、そろそろ家に帰った方がいいんじゃないか」

「そりゃそうだが」

帰らなきゃいけないのは百も承知だ。

伯母さんが言ってた、例のことだってあるし。

だが、帰れないのだ。入れないのだ。甘え過ぎじゃないのか」

「家にも厚意ってもんがあるんだ。俺の家は恩知らずじゃないか」

「その理屈じゃ、俺の家は恩知らずじゃないか」

そう思った瞬間、ゴミだらけの敷地が目に浮かんだ。家の中だって似たようなものだ。

「ごちそうさん。もう来ないよ」

そう言い残して黒っぽい犬は、ふいといなくなってしまった。冷えてきた夜の庭に、ふさふさした尻尾の僅かな揺れの残像だけがあった。

翌朝早くに梢枝は大荷物とルネの鳥かごを持って出て行った。出がけに、電話番号を教えてくれと省三が言うと、梢枝は端末の裏を向け、省三に差し出すようにした。

「えっ」

「赤外線通信だってば」

「いや、俺の電話言うから、カラでかけてくれ」

「えーやり方わかんないの」

梢枝は笑った。

もちろん省三だって赤外線通信のなんたるかは知っている。ただ、一度もその機能を試したことはなかった。例えば役所の人間同士で赤外線通信なんかしてたら間抜けじゃないか。地元の商工会の会長と俺が携帯電話をくっつけあっていたら、変じゃないか。機械と機械を近づけて電波を飛ばし合うというだけのことに、なぜそう思うのかわからないが、イヤラシイと省三は思うのだ。まるで宇宙人の性交のような気がするのだ。若い女の子と通信するならまだそのイヤラシサに意味がある。オヤジのささやかな願望が満たされる。

だがそんなイヤラシイこと、自分の娘とできるか。

「ロケ終わったら電話かメールするから」

「世田谷に帰ると思うけどな、俺も」

「わかった」

「マタクルカラネ」とルネは言わなかった。

梢枝を送り出すと、久しぶりに一人になったさびしさが胸に湧いた。

だがそのさびしさには、胸に染みるような爽やかさがあった。

省三は考えていた。

本当にもう、帰らなければいけない。

世田谷の家の扉は開くだろうか。その時期は来ているのだろうか。

今度期待を裏切られたら、俺はどうすればいい。

その前に佐久に行ってみよう。

富井の先祖がずっと住んでいた土地だ。そして明治期に苦悩し、出て行った場所だ。

俺のルーツとなるひとたちのまわりにあった景色を、末裔の俺が見てやろうじゃないか。

11

佐久に行くために車を借りる約束をした省三が、駅からぶらぶら歩いて行くと、長身の息子がマンションの前で軽く手を挙げるのが見えた。その傍らには、小さな黒い車が停まっていた。どこのメーカーだか思い出せない十字のマークに、なんだこれは、と聞くとシボレーのＭＷだと言う。

「シボレーが軽なんか出したのか？」

「軽じゃないよ。一応１３００あるんだよ」

「パジェロはやめたのか」

朔矢は答えずに、ちょっと笑った。

カミさんが運転しづらいから、という顔だった。

上がってお茶でも、と言われたがすぐに出かけると断った。

「俺が運転しなくて本当にいいの？」

朔矢は心配そうに言った。

「いいんだ」

今夜中には返す、と言ってキーを受け取った。

「タバコ吸ってもいいからね。俺の車なんだから」

相変わらずつまらぬことを言う。

「運転しながらは吸わないんだ」

「そう……じゃあ、なんかあったら電話してよ」

「ああ」

「気をつけて」


朔矢と別れて少し走ったところで、省三は車を路肩に停めた。そしてルームミラーにぶらさがったアクセサリーだの、ダッシュボードの上を埋め尽くしたディズニーのぬいぐるみだのといったものをわしづかみにすると、全てをトランクに放り込んだ。


練馬までの道は案外すいていた。

省三が自分の車を持ったのはごく僅かな期間だったが、若い頃から運転は好きだった。今でも公用車に乗るときはすすんでハンドルを握る。運転していると、自分が栄養を身体の隅々まで届ける血液になったように生き生きした気分になるのだった。

関越道に乗って、最初のパーキングに車を入れ、買っておいたCDをステレオにセットした。遠い昔、薄暗い喫茶店で結婚前の靖子と何度も聴いたサイモン&ガーファンクルのベスト盤だった。

スカボローフェアに行くのなら、俺のかみさんだった女に伝えておくれ

パセリ　セージ　ローズマリー　アンド　タイム

と換え歌を歌ってみたが、音楽はとうの昔に思い出から離れてしまっていたし、抜けるような青空のもとを走る省三には、スカボローフェアにいるであろう靖子に伝える文言は思いつかなかった。

佐久から出てきた祖父の思い出はそう多くない。晩年は足を悪くして、あまり出歩くこともなかった。父は祖父の性格を「カミソリはさみ」と評していたが、省三にとっては温厚で寡黙な印象しかない。寡黙だったからこそ、幼い省三は昔話をねだった。祖父の話は、「花咲か爺さん」か「でいだらぼっち」しかなかった。

関東平野を一気に北上し、上信越道に入る。吉井あたりを過ぎると風景が変わってきた。左側には緑の山々が連なっており、右の前方からは岩肌をむき出しにした妙義山《みょうぎさん》が大きく迫ってくる。

あの荒々しい山のふところに入っていくのか。

それなのに、こんな楽に走っていていいのか。

高速の松井田《まついだ》と軽井沢《かるいざわ》の間は、長いトンネルが続くはずだった。

せめて、一山、二山越えてみたい。昔の人の苦労にはほど遠いとしても、車で街道を走るだけでも近しさを感じるのではないか。

下道でも西へ向かって奥へ奥へとすすめば、上州と信州を結ぶ峠道はいくつもあって、通行止めになってさえいなければ佐久へ抜けられるはずだった。省三の頭にあるのは十《じっ》石《こく》峠だった。十石峠なら、上野村《うえのむら》を目指せばいい。

下仁田《しもにた》インターの出口看板に「上野」の文字を見つけた省三は、迷うことなくウィンカーを出し、料金所へと向かった。

昔の宿場町の面影を残す下仁田の商店街を抜けると、いきなり谷間の道に吸い込まれた。やはり高速道路とは別世界だった。川沿いの濃い緑が覆いかぶさってくるような道を走り、南向きのいい場所に建物も墓地ものどかに並ぶ南牧《なんもく》村を抜けた。

上野村と言えば日航機の事故のことがまっさきに浮かぶし、前職の村長は有名な人だが、省三は別の興味も持っていた。山間部の過疎の村だが、長野県との間に高低差を利用した揚水式《ようすいしき》のダムが出来てからは、莫大な財政力指数を持つお金持ちの村となっている。地下の「大きなビルを横倒しにしたぐらいの巨大な発電所」に関する資料を役所で読んで、省三はSF小説に魅了されるのに似た気分を味わったものだった。

南牧村と上野村を結ぶ湯の沢トンネルは全長三キロの新しいトンネルだった。対面通行であることを殆ど意識せずに済むほど車線はゆったりしていて閉塞感もない。実に金のかかったトンネルだ、と省三は思った。むしろトンネルを出てからの道の厳しさにギャップを感じた。

幾許かの民家はあったが景観としては人の住む場所が山の勾配でどんどん押し詰まっていくようなところだった。その圧力に支えられるようにして走り続けると十石峠に向かう道に通じた。まるで鎌倉の路地裏のような狭さの道である。国道２９９の標識があるから間違えてはいないのだが、これが国道なのか、と少し驚いた。だが小さな車でもあり、慣れてしまえば不安はなかった。アップダウンが激しいわけでもなく、カーブもつづら折りではない。

サイモン&ガーファンクルの「59番街橋の歌（フィーリン・グルーヴィー）」の軽快なリズムが峠道に合うということは、省三にとってちょっとした発見だった。無鉄砲な遊びをしているような気がして、笑みが浮かんだ。

ふと脳裏に「ちゅうま」という言葉が浮かんだ。

祖父が言っていたのだ。

「中馬」と書くのだろうか。富井の先祖は佐久の農民だったが、江戸時代になると米や薬種なんかを駄馬に積んで、秩父《ちちぶ》あたりまで通ったらしい。つまり、生産者が流通と直売までやってしまったということだな。十石峠の十石は、米十石が一日に通ったからだと聞いたことがある。

この道を通っていたのだ。

「秩父では何を買ったの？」

省三が聞くと、祖父は嬉しそうに答えた。

「お嫁さんをもらったのさ」

「お嫁さん？」

「おまえたちのひいおばあさんは、秩父の美人さんだったんだよ」

この話は省三よりむしろ姉が気に入って、何度も「お嫁さんをもらう話」をせがんで聞いていた。姉の中では馬を引いた王子様がお姫様を迎えに行く話になっていた。

そうか。母方のじいさんも戦争で大砲を馬に引かせていたが、富井の方も馬のお世話になっていたんだな。

草むらで何かが動いたので慌ててブレーキを踏むと、猿が顔を出してこちらを見ていた。人間の残したゴミなんて食べたことのない猿なんだろうか。それとも冬には里まで下りて畑で悪さをするのだろうか。

冬になればこの山は閉ざされる。瞬く間に雪が積もってしまいそうな山なのだ。

この苦しい産道のような道は、春まで使えない。

生まれるのは困難で、滅びるのはあっという間なのだ。

そう思った。

なおも勾配をぐいぐいと登って行くと、木々の間が青く透けてきて、周囲の山の背丈を追い越していく爽快感に包まれた。

やがて視界が開けた。県境の峠は広場のようになっていて、イギリスの古い絵本に出てきそうな塔の形をした展望台が建っていた。

車を降りて塔の中に入り、カンカンと音を鳴らして鉄製の階段を昇った。

塔は青い山々を見下ろして立っていた。ああ、と小さく嘆息し、冷たい風を味わうように吸った。

秩父の方角にはどこまでも山が連なっていた。省三はあの事故の現場と思われる方角に向かって一礼した。

遠くの平野には高崎や前橋といった街がきらきらと光を反射していた。

佐久の方角は目の前の山に遮られていたが、それにしても、視界の半分以上が空だった。鎌倉の浜辺を散歩していたって、こんなに広い空を見ることはなかった。

長野県側の道は長い下り坂だった。道幅はいくらか広がったようだが、カーブは上りよりきつく折り畳まれていた。

道の傍らを流れるのは、子鹿が跳ねながら坂を下って行くようにしぶきをあげる沢だった。

省三は車を停めて窓を下ろした。

遠い昔の先祖とその仲間たちの一団が、一休みするべえ、などと言って馬に水を飲ませている光景が浮かんだ。彼らは思い思いに草鞋《わらじ》の紐を締め直したり、手拭を沢の水に浸したりしていた。

省三はイメージの中の先祖の休息の時間を静かに眺め、それからまた発進した。

そうか、この沢の水は千曲川《ちくまがわ》に入るんだな。千曲川はすなわち信濃川だ。

さっき登ってきた上野村の沢はどこかで利根川に入るんだろう。

不思議なもんだ。同じとき、同じ山に降った雨が太平洋と日本海に分かれちまうんだから。

山というのは、境界というのはそういうものだ。矢印の根元のことなんだ。そして人間も雨水と同じように拡散し、混じり合い、ついにはどこの由来だかわからなくなってしまう。

この沢の水は、いつのものなのだろう。

最近なのか、去年なのか、十年前か、もっと前か。

靖子が病院の窓越しにため息をついて眺めた長雨が岩からしみ出したものかもしれないし、父が溺死する遠因となった台風のもたらした雨と同じなのかもしれない。氷河やアルプスじゃあるまいしと思うが、そういう喩えをしてみたっていい。

だが一人一人の人間など問題にならないくらい、水は流れ続けるのだ。

飢饉に襲われた江戸時代も、戦国大名が走り抜けた時代も、半島から渡来人がやってきて人々が古墳を作った時代も、水は流れ続けるのだった。山の形も、人々の姿も違っただろうが、それでも、水は流れ続け、山と海とを結んでいる。

そう考えたら俺なんかまるでどこにもいないようなもんだ。

省三は何も映っていないルームミラーを見やった。

時が後方に流れ去って行く。俺は、坂を下りながら古い時間へと遡上していくのだ。

ついに小さな黒い車は森から出て、幅の広くなった川沿いに耕地が開けていくのをみた。まるで初めて人間の世界に入ってきたように無防備に、富井省三は佐久穂《さくほ》に下りてきた。

里に入るということは、山が低くなるということなのか。

集落の名前が標識に書いてある。なるほど「大日向《おおひなた》」とはよく言ったものだ。蔵まで持った立派な農家が集まった集落は南に田畑を抱いたのびやかな風景だった。

大きな黒い瓦屋根に天窓が並び、白い土壁を黒い柱と梁が縦横に区切る様が美しい、典型的な養蚕農家だった。確かこういう家を、出梁造《だしばり》りというのだと省三は思い出す。

佐久は思いのほか、ひろびろとした明るい眺めの町だった。

富井の連中はこんな大きな家には住めなかったかもしれないが、見ていたものは同じだ。町を取り巻くような低い丘陵の奥に見えるのは八ヶ岳、反対側には浅間山が景色を区切っている。千曲川の両岸は平坦で、耕地が広がっている。父のような山と、母のような川があってこんなに完結した風景なのに、よく山なんか越えて出かける気になったもんだ。だがそんなのは都会の人間の勝手な思いだろう。

祖父から、東京に出てきたいきさつについて聞いたことはない。もちろん省三が幼すぎたためだ。

だから省三の知識としてあるのは、伯父が話してくれたごく僅かなことだけだった。かつて、省三の曾祖父の松助《まつすけ》が兄のように慕っていた人物がいたという。伯父はその人の名前までは知らないと言った。

二人は暇さえあれば、一緒に演説会を聞きに行った。国会開設、条約改正といったことについて語り合ったことだろう。秩父事件で敗走した困民党が十石峠や隣のぶどう峠を通って佐久になだれ込んだとき、松助はどんな思いで官軍との戦いの状況を見聞きしたのだろうか。松助は入党していなかったが、その人物は自由党員だった。佐久の自由党員と言えば士族か豪農かもしれない。後にその人は飯田事件で検挙され、投獄されたという。

何が本当だかはわからんよ、と伯父は言った。民権運動なんて言葉にだまされて、正義だなんて思うなよ。言葉での正義とか、平和だってそうだ、そんなことはいつだって戦争の理由になるんだからな。

富井松助も飯田事件の後に簡単な取り調べを受けた。時代が変わっても、「お上に背いた嫌疑のある男」と近隣から白い目で見られることは変わらなかった。

松助の長男の勇一、つまり省三の祖父が早くに佐久を飛び出したのはそれと無関係ではあるまい。中学の恩師のつてを頼って上京し、法律の専門学校に入り、苦学して弁護士となった。

少なくとも俺の上の代の連中は、エネルギッシュに思索していたのだ。

それにひきかえ……

いや、さすがに疲れた。俺は朝からずっと走りづめだ。

省三は休息を求めて国道141号沿いにコーヒーと軽食のとれる場所を探した。

携帯を見ると着信のランプが点滅していた。

足利の姉さんか、と思って着信履歴を見ると、桜田ミミからだった。

誰が死んだ?

休日のこんな時間の同僚からの電話は、大抵が訃報《ふほう》だ。

省三はコーヒーを一口すすって、電話をかけ直した。

「桜田ですけど」

「すまん、電話もらってたな」

「今いいですか？」

相変わらずつっけんどんな言い方で桜田ミミが言った。

「俺からかけてるんだから、いいに決まってるだろう」

そう言いながら書くものがないことに気づいて手帳の在処を探った。昔のことを考えすぎて、頭がぼんやりしている。

「ちょっとお願いがあって電話したんです。プライベートで富井さんに相談っていうか。一度時間とってもらいたいんですけど」

「なんだそんなことか。いつでもいいよ」

「明後日でもいいですか」

「ああ」

明後日は仕事か。そうか月曜日か。

「じゃあ、七時にこないだの新宿のお店に来てもらえます？」

「わかった」

ここまで来ておきながら、富井の一族が佐久のどの辺りに住んでいたのか、省三は覚えていなかった。

来てみれば地名を思い出すだろうと思っていたが、あちこち走り回っても、それが中《なか》小田切《おたぎり》でも野沢でもないことが判明しただけだった。人の名前のような村だった気もするが定かではない。どんな町名だって人名にありそうだ。千曲川を何度も渡り、バイパスと旧道を往復して岩村田《いわむらだ》まで行き、引き返してきても、ピンとくる地名は見あたらなかった。

中込《なかごみ》の市役所周辺をうろうろと回り、いい加減疲れ果てた省三は内山峠の看板を目にして思った。

コスモス街道ってやつだったかな。

諦めて帰るか。

次の瞬間、停止していた交差点名を省三は凝視した。

「ここじゃないか！」

大きな声が出た。

「平賀」と書いて「ひらか」と読むのだった。省三は知っていた。「ひらか」と読めることがその証拠だった。

富井の一族は平賀村の出身だった。間違いない。

ここに俺の先祖がいたのだ。

省三は「ひらかむら」というその地名を噛み締め、低速で路地を走った。残っている古い家は寺のように立派なものばかりで、それ以外の家は絶望的に新しく建て替えられていた。耕地の区画は変則的で、道も込み入っていた。

それでも、見えるものは全部見たいという気持ちがあった。

やがて省三が発見したのは田んぼの中にそびえる大きな鳥居だった。

間隔をあけて三の鳥居まであった。

二の鳥居は、巨大な杉の木に両側から塞がれそうになっていて、それだけ古い神社と知れた。慌てて車を停めて降り、鳥居の正面に立つと、ずいぶん間口の狭い神社で、急勾配の細い石段が裏山に張り付くように続いている。

案内板には「平賀神社」と書いてあった。

何も考えずに長い石段を上りきった。

弾んだ息を抑え、省三は柏手を打って目を閉じた。

こちらの出身の富井という家の末裔の者で省三と申します。

それから、神に頼みたいことなど何もないことに改めて気がつき、

よろしくどうぞ、と頭を下げた。

石段を下りきって省三はようやくほっとした気分になった。

神社の縁起を見れば、由来は鎌倉時代に遡る。現在の社殿は、江戸時代、寛政二年の建築とされている。

参道から逸《そ》れれば地面はふかふかと柔らかく、雑草はよく刈り込まれていた。いくつも並んだ石灯籠を眺めて、省三は歩いた。昭和初期のものもあれば、もっと古いものも

ある。文字が読み取れぬものもあった。半ば地面にめり込むように崩れかけていた石灯籠の脇にしゃがみ込んだとき、驚くべき名前が省三の目に飛び込んできた。

奉納
梶木川　乙治
明治十年

省三はよろめきながら立ち上がり、放心したように、しばらくそのまま動かなかった。

やがて、ゆっくりと頭を振って、小さな声で、

「見つけたぞ」

と言った。

なぜここに、とは思わなかった。

ここにいたのだ。

がっしりした乙の姿が浮かんだ。

だがなぜかその大きな四角い顔に浮かんでいたのは笑顔ではなく、沈痛な表情だった。

あいつはきっと、何度も何度も生きて、それですぐ死んじまうんだ。病院で噂を聞いたのもあいつだっただろうし、ついこないだも現れたと思ったらホテルごと消えちまった。明治十年というのはもちろん飯田事件よりも前のことだ。石灯籠なんて建てるくら

いだから、裕福な旦那衆だったのだろう。

俺の先祖がここにいたのだから、乙に会っていないわけがないのだ。小さな村のことだ、よく知っていたに違いない。だから乙も俺のことが一目でわかったのだ。

「まさか、なあ」

省三は呟いた。

そんな都合のいいことが、とは思うが、曾祖父が慕っていた人物が梶木川乙治だったような気がした。

どのみち検証しようもないことだ。

だからこそ、そう信じたっていい。

乙の声が蘇る。

「現在と過去についてはかなりいい。でも未来の打率が良くないんです」

未来が苦手な占い師か。なるほどな。

たった一人で連鎖しているのだ、あの男は。何度も蘇るのだ。

だが。俺はもうあの男、どことなくユーモラスだったあのでいだらぼっちに会うことはないのだろうな。

省三は携帯を取り出して石灯籠を写真に収めようとして、やめた。見せる相手もいないし、それに、この名前はこの場所にあと何百年も残るではないか。携帯にしたって、パソコンに保存するとしたって、どうせ壊れたら消えてしまう。写真データはなんとはかないものだろうか。

気がつくと、ジャンパーを羽織った夫婦が境内でゴミを拾っていた。近所の人だろう。細君が省三を見て、

「こんにちは」

と、屈託のない笑みを向けた。

「こんにちは……あのう」

この辺りにまだ富井という姓の家があるかどうか、と、省三は尋ねかけてやめた。梶木川の末裔が存在しているとも思えなかった。

これ以上のことは、知りようがない。

知ったところで同じ時代に生きているわけではない。親戚でございと名乗っても仕方がない。

俺がここに来た。それで十分ではないか。

「どうかしました？」

細君は小首をかしげた。

「いや、立派な樹だなと思って。これは何の樹ですか？」

注連《しめ》飾りを巻いた神木を見あげて省三は言った。

「あんた、これ何の樹？」

後ろの旦那を振り返って細君は声を張り上げたが、すぐに返事が戻ってこなかったので、省三に向かってこう言った。

「この樹はねえ、パワーがもらえるんですよ」

そして親しげに神木の幹をぽんぽんと叩いた。

ゴミ袋を入念にしばっていた旦那がようやく顔をあげ、

「けやきだよ」

と言った。

「けやきですって。見えないわねえ、けやきに」

「大したもんだ」

ため息をつくように省三は言って、どっしりしたけやきの幹にそっと手をあてた。

百三十年前、曾祖父の畑仕事で荒れた手も、梶木川乙治の無骨な手も、確かに触れたであろうその樹の肌は秋の陽を浴びてあたたかかった。

12

ひと月近くも過ごした鎌倉の伯父の家を立ち去るのは、妙な心持ちだった。

滞在中に増えてしまった荷物は世田谷の自宅に送り出した。元通りにがらんとした部屋の畳の目に沿ってほうきで掃き、掃除機をかけた。それが済んでから神棚と、黒っぽい犬が来ていた縁側の下に水を張った小鉢を置いた。

伯父のコレクションの数々を見て回り、目についた埃をハンカチでぬぐってやりながら、省三はしばらくここには来ないだろうと思っていた。最後に書斎の棚の前に立ち、ひんやりとした「へそ石の王」を手にとって撫でて、元に戻した。

玄関にオキナインコのルネがいないのが物足りなかった。梢枝が連れて行ったからこそ後の心配をせずに身軽に去っていけるのだが、それでもルネの「マタクルカラネ」という挨拶を聞けないのは残念だった。

不思議なことに来たときあれほど鮮烈だった伯父やジャンのイメージは薄れてきていた。父が比較的早くからそうであったように、彼らも突出した死者であることをやめ、ほかの人々と同じように時間と調和するようになっていた。

靖子もいずれはそうなるのだろう。

俺はそれを受け入れるだろう。

玄関の引き戸を開けながら、小さな声で言った。

「タンク・タンクローはここにはいないよ」

扉を締めると内側で鈴が答えるように鳴った。

こむ　からこむ　からこむ　から

歩き慣れた道を鎌倉駅へと向かいながら省三は思う。

自宅の鍵穴は相変わらず影も形もないのだろうか。それでも俺は帰らなくてはいけない。

省三には今、強い意志があった。

自宅に戻らなければならない理由があった。

横須賀線に揺られながら省三は目を閉じて、月曜の晩のことを思い出していた。昼間は相変わらず、用件があってもろくに目も合わさぬような態度だったが、店に入ってきたときの桜田ミミはいつもより若々しく見えた。

「待たせちゃってすみません」

彼女自身の体調不良か、そうでなければ親御さんの介護の相談だろうと踏んでいた省三は、あてがはずれた思いで彼女を見た。

ってことはまさか。

省三は桜田ミミのグラスを手にとってビールを注いでやりながら言った。

「ひょっとして、結婚か」

得意げに肯定の返事をするかと思ったら、桜田ミミは頬を染めてうつむいた。思いがけない態度に省三はますます戸惑った。

「なに、もじもじしてるんだ」

「どうしてわかったんですか?」

「俺に相談することなんて言ったら、親御さんの介護休暇か、新婚旅行しかないだろう。でもよかったな。おめでとう」

「ありがとうございます……でも、その前に、あの……」

「なんだ」

まあ飲めと目で言って、自分もビールを飲み干しタバコに火をつけた。

「相手のことなんです」

「うん、どうしたんだ」

相手が、ややこしい男なのか。

「相手が、ですね。富井さんの……その」

「ああ?」

「弟さんの、義男さんなんです」

省三はなにか変なものを飲み込んでしまったような気がして、

「よしお？」

と言おうとしたが、むせて咳き込んだ。

「……どういう冗談なんだ」

「本当なんです」

「ひと違いだろう」

「ううん、富井義男さんなんです」

まだ喉になにかがひっかかっているようだった。動揺してまたタバコに火をつけようとして、余計咳き込んだ。

「だってアメリカだぞあいつは」

義男と桜田ミミだと？

俺の頭の中では無理だ。そんな組み合わせは描けない。

桜田ミミは真剣そのものだった。それ故にやや早口で話した。

「ええ、だから去年の夏休みに私、アメリカ行ったじゃないですか。あのときにニューヨークの友達のところで会ったんです。研究者だって紹介されて。それで最初はメールとスカイプのやりとりだったんだけれど、秋に彼が学会で京都に来るときに会ってそれですごくうまくいって。それでまたお正月とかにニューヨークに行ったり。そんなこんなで、義男さんがプロポーズしてくれたんです」

「ばかなことを言うな」

「だって、そうなんです」

「おまえなあ、義男がいくつだと思ってるんだ」

「ええ知ってます。義男がいくつだと思ってるんだ」

「ええ知ってます。でもいいんです。最初は私なんか相手にしてもらえないだろうって思ったんだけど。実際におつきあいしたら年の差なんて全然感じなくて。ていうかずっと昔から一緒にいたみたいな気持ちになって……」

「よせよ。五十だぞ。桜田の親御さんだって反対するだろう」

「ううん、大丈夫です。片親ですけど反対してません。まだ電話だけですけど。すごくちゃんとした人だって」

あいつのどこがちゃんとしてるんだ。子供ならともかく、その年で突然ちゃんとする人間なんていないぞ。

「……いつから知ってたんだ、俺の弟だって」

「最初は本当に知らなかったんです。名前だってみんなが呼んでるのはアメリカで使ってる通称だと思ってたんです。トミーさんトミーさんって言ってたらあるときに、本当はトミーじゃなくて富井なんだって言われて……なんか私くだらない冗談言ってるみたいですよね」

「トイレ行ってくる」

そう言って外に出た。ビルの前で携帯を見るふりをしながら省三は、必死で動悸を抑えようとしていた。

席に戻ると桜田ミミが言った。

「あの、彼に電話しますね。出てもらえますか？」

「彼」という言葉に省三は耳の後ろが熱くなるような気がした。出てもらえますかもなにも、俺の弟だろうが。いや、ほんとうにあの義男なのか。

「あ、私です。起きてた？　え？　ほんとに？　今ね省三さんとごはん食べてるんです。電話かわっていい？　うん。じゃちょっと待ってね」

省三さんだと？

俺のことを名前で呼びやがった。

苦いものが口のなかではじけるようだった。桜田のパールピンクの携帯を受け取って、ことさらにむっつりした声を出した。

「もしもし」

「あぁ義男です。すみませんなんだかえーと」

「ちゃんと喋れ」

「はいぃ」

昔からだ、こいつの、人のやる気を奪うような態度は。相変わらず頼りないじゃないか。どこがちゃんとしてるんだ。

「桜田から一応聞いたが。そもそもおまえな……」


「いや突然のことで、ほんとすみません。でも電話じゃなくて、えーと近日中に一度顔出しますんでそのときちゃんと。そうそう姉さんにも言っといてもらえますか。まあ詳しいことはそのときにでも、えぇ」

「ちょっと待ておまえ」

「はいぃ」

「研究者ってのはなんだ、大学教授なのか」

　どうせ知らないと思ったからどこの大学かは聞かなかった。

「一応そうですね。でも、もうそろそろ日本でもやっていけそうなんで、帰ろうかとも思ってるんです、えぇ」

　もうそろそろってなんなんだ。

「なんの研究だって？」

「江戸時代の草双紙です」

「江戸時代って、日本の」

「そうですね、ふつう江戸時代は日本ですね。博士論文は馬琴だったんですけれど、今はもう少し範囲を広げてやってます」

「バキン？　八犬伝の馬琴か？」

「そうですそうです。これがなかなか面白くてね……あ、彼女を待たせちゃいけないな。今度帰ったとき兄さんにはいろいろ話しますよ、それじゃ」

「ちょっと待ておまえ」

「はいぃ」

「一体アメリカくんだりまで行って、なにやってたんだ」

「はぁ、そう言われても一言じゃちょっと……」

力が抜けた。

今は、日本人が日本のことをアメリカで研究していてもちっともおかしくない時代だ。それくらいのことは俺にだってわかる。だが俺の家は親父が学者じゃないか。親父が知ってたらなんと言っただろうか。わざわざ家族に黙ってアメリカなんか行きやがって。

「義男、それでいつ帰ってくるんだ」

「あれ、ミミちゃんからまだ聞いてないですか？　僕は木曜に成田に着くことになってるんでできたら今週末か、まあ来週でもいいんですけど、今回は少し長めに帰ろうと思うんで。えぇ」

なにがミミちゃんだ。

「わかったもういい」

「はいぃ」

「電話、代わるぞ」

心配そうな表情を浮かべている桜田ミミに携帯を返した。

「全く」

省三はもう一度憮然とした表情を作り直して言った。

「俺が定年だってのに、おまえらは結婚か」

桜田ミミはくすりと笑った。それから泡のなくなったビールをごくごく飲んで、言った。

「私、いもうとになるんです。富井さんの。それでもいいですか」

「いもうとだと！」

苦くはじけるようだった気持ちが、形を変えて腹の底からくつくつと湧きあがってきた。

省三は笑った。

最初は低く震えるようだったが、そのうち大笑いになり、最後は涙まで流した。


まさか家に帰るきっかけが義男だとはな。

電車に揺られながら省三は思った。

足利の姉が驚きもしなかったのが不満だった。

「へえ。区役所の人だったの？　それは奇遇ねえ。でも案外そういうことってあるわよ」

姉はそう言うのだった。

「じゃあ週末はあんたの家できょうだいだけにして。日曜にしてよね、土曜はうちは診察だからね。細かいことは顔合わせしてから決めましょ。そうそう商店街の銀鮨ってまだお店やってるの？　ふん、じゃああんたお寿司とんなさい。あとはそうね、今の人のことだからお式もするかどうかわからないわよね。でもしなくても親族だけでお祝いはしないと。おめでたいことなんですからね、こういうことは早め早めに決めていかないとあっという間なんだから」

きょうだいが揃うなんて久しぶりじゃないか。

こんな形でゴミ屋敷をリセットできるとは思わなかった。なにかきっかけがないと動けないっていうのも情けないが、ある時期まで俺は、定年がリセットになると思っていた。だが、退職したところで何も変わらないことに気がついていやになっていたんだ。考えるのをよしていたんだ。

あのゴミ屋敷を桜田ミミに見せるわけにはいかない。

だがもはやあの惨状は、自分の責任とはいえ素人が対処する域を超えている。省三は役所で業者を調べて依頼をかけていた。一日では済みそうにないので、金曜の午後から日曜の午前まで押さえた。

だが、その前に。

俺がやらねばならないことがある。

鍵を内側から開けること。

つまり、南側の庭から押し入るということだ。

そしてもうひとつ、庭にゴミよりもっとまずいものがある。足利の姉にだって見せられない。朔矢の嫁なんかがもし見たら本気で怒るかもしれない。隣の鈴木夫人にだって見られないように、毎年ごまかしてきたのだ。役人が使うべき言葉ではないが、もみ消してきたのだ。

パンツのなる木だ。

パンツがなると言っても、もちろん本物のパンツではない。女ものものパンツにそっくりな花が咲くのだ。放ったらかしておくと、色とりどりのパンツがひらひらとぶら下がるクリスマスツリーみたいになってしまうのだ。

放置するわけにはいかない。

花を摘み取らなければ。

伯母は気づいていたからこそ、鎌倉で会ったときに警告してくれたのだ。もちろん伯母は「パンツ」なんて言葉は使わなかった。

もとはと言えば物好きの伯父が露店かなにかで買ってきた鉢植えだった。小さいときは、色とりどりのかわった花が咲くというので、珍しくて面白いと思っていた。伯父の形見分けのときに、ほかのいろいろながらくたと一緒にパンツのなる木もやってきた。

だが手入れをせずに放っておくうちに、パンツのなる木は気味が悪くなるほど大きく育った。面倒なので省三は庭に直植《じかう》えしてしまった。木が育つのは見ていたが、まさか花まで大きくなるだなんて誰が予想できただろうか。

ある日、靖子が歌うように言ったのだ。

「あら、この花パンツにそっくりだわ」

靖子よ、おまえがあんなことを言わなければ俺は一生気がつかなかったと思うよ。破《は》廉恥《れんち》な植物め、と顔をしかめて毎年花を摘むこともなかっただろう。

だが、どんな困った木でもおまえや伯父さんに繋がっているもので命があると思ったら、切ってしまうことはできんのだ。

ボルゾイの声が蘇る。

「花は忘れた頃に咲く」

パンツのなる木もそうだが、義男の野郎も、忘れた頃に咲きやがって。

省三はまっすぐ世田谷には向かわず、川崎の母のところへ寄った。

母はこの前別れたときと同じように目を閉じていた。

「お母さん」

母は静かに呼吸を続け、その胸は規則的に上下している。

「義男が、日本に帰ってきます」

「…………」

「結婚するんだそうです」

「…………」

うっすらとでも目を開けてくれればいいと思ったが、それはこちらの勝手な期待というものだった。母が起き上がって飲むわけでもないのに、ペットボトルのお茶を二つ、並べた。

「お母さん」

「…………」

「義男のやつ、お父さんそっくりな声してましたよ」

「…………」

「あいつは子供のときから、お父さんに一番似てましたよね。だからお母さんにかわいがられたんだなあ」

「…………」

「学問の世界って、俺が思ってたみたいに、無条件に権威があって偉いものじゃないんですね。あいつ、相変わらず頼りなくてね」

「…………」

「でも、嫁さんになる人はしっかりしてるから、大丈夫ですよ」

「…………」

なにも答えなくても、母は母なのだった。あたたかく豊かな流れに包まれるようにして、省三はいた。

お茶を飲み終えるまでそこにいて、母の部屋を後にした。

定年になったらどうしようということは、ここ数年、ずっと頭の隅にはあったのだが具体的に考えることはできなかった。考えたくなかったのだ。膨大な時間をたったひとりでもてあますことが怖かった。こんなこと、人に言えるわけもないが言う相手もいなかったのだ。

定年になったからといって翌日から老人になるわけではない。

何かを始めるということ。

それは本当に気恥ずかしいことだ。特に俺みたいに、なにもかも受け身で過ごしてきた人間にとっては。生まれ育った環境で殆ど一生を過ごし、家族が独立したり死んだりするのを見送った俺にとって、なにか新しいことを始めるなんて。

でも、一度くらいいいではないか。

俺は、自分だってすぐに終わる、終わりが来ると思ってじりじり待っていたんだ。だが、俺が待っていたのは終わりじゃなくて変化だったのかもしれない。

そうだとしたら。

俺は山登りを始めたり、家庭菜園をやるタイプじゃない。強いてなにかっていったら、車か。

先週佐久に行ったとき、ドライブが楽しかっただけなんだ。ルームミラーを見て思った。後ろの車で若い女の子が二人笑い転げていて、いいなあと思った。でも、それを見ながら走っている俺だって、前の車のルームミラーから見れば、いつもよりいい顔をしてたんじゃないかって。

いままでずっといろんなことに縛られてきたんだ。思いつきでふらりふらりと出かけたっていいじゃないか。

そうすれば、俺の悩みの種だった家だって母港みたいなものではないか。名前だけしか知らない街に行ってみてもいい。突然ひとりで花見をしに行ったっていい。旨い魚を食べに漁港に行ったっていい。ただ果物をほおばるために出かけたっていいのだ。

退職金ですてきな車でも買ってやろうか。「すてきな」というついぞ使ったことのない言葉を自分で思って、省三はぐらりときた。実用一点張りでもなく、成金みたいな車でもなく、もっと夢のある、夢のためだけに作られたような美しい車を買って、それを伴侶《はんりよ》としたっていい。「美しい」なんて、俺にはおよそ似合わないだろうが、かまやしない。笑いたいやつは笑えばいい。

ようやく、帰ってきた。

バスを降りて歩き出すとぽつん、と滴が首筋に当たった。汗か、と思ったら手の甲にも冷たい雨粒が落ちた。

とうとう降り出したな。

そういえば、閉め出された日も雨だった。

あの頃と比べたら涼しくなったもんだ。

省三は自宅のドアと鍵穴に変化がないことを確認するとすばやく隣の宮沢家へと回った。

よほどのことがない限り、宮沢夫妻は金曜日は出かけている。なんでも社交ダンスのサークルに入っているんだそうだ。だから留守番と言えばあのヒステリックな犬だけである。

からりと門扉《もんぴ》を開け、省三は宮沢家の敷地へ侵入した。庭木戸を開けると、火がついたように吠えながら犬が飛んできた。

しばし両者は見つめ合い、犬が何かを決断するより一瞬早く、省三は思いきり犬の尻を蹴飛ばした。

効果は絶大だった。犬は省三の靴をかわして横っ飛びに跳ねたが、そこから体勢を立て直して飛びかかろうとはしなかった。

「貴様、俺を誰だと思ってるんだ」

省三は大声を出した。

「俺は犬の七福神様だぞ」

弟は八犬伝だがな。

ただならぬ剣幕に犬は仰天した様子で退却し、ぶるぶると身体を震わせた。それきり、威嚇も追跡もしなかった。

省三は堂々と芝を踏んで進み、奥のベニカナメの生け垣を押し分けるようにしてフェンスによじ上り、自宅の庭に着地した。

庭の南側のどぶ川を覗き込んでみる。水は陰気な色で流れ続けていた。向かいのバスの操車場は静まり返っている。

そして伯母の言った通り、まさにパンツのなる木は花をつけ始めていた。薄紫、白、そしてピンク。

なんという、いけない花なんだ。

透けるような淡い色と絹のような手触りを持ったその花の、柔らかく重なり合った花びらに手を触れただけで恥ずかしい。摘み取ったそれを押し広げてみることなど小心者の俺にはとてもできない。だがそんな気持ちをかきたてるような、本当にいかがわしい花なのである。

省三は果物をもぐように、花を摘み取っていった。摘んだ花は無造作にズボンのポケットに詰め込んでいた。

鉤型に曲げた自分の指を見て、まるで犯罪者のような指だと思う。

いや、実際のところ今の俺は下着泥棒にそっくりなわけだ。

とんでもないことである。

それなのに花を摘み取るという行為にうっとりし、恍惚を感じているのだ。

俺は。俺は一体なにを。


雨足が強まった。

省三の髪は乱れ、シャツはべったりと身体に貼り付いていたが、奇妙な使命感とともに高揚感はむしろ増すばかりだった。

手が届く範囲の花を摘み取り、ポケットはふくれあがった。

だが、高い場所にいくつも花が残っている。省三は粗大ゴミの山のなかに泳ぐようにして入り、台に使えそうなものを探した。脚立《きゃたつ》でも落ちていればいいのだが、そんな都合のいいものはない。オーブントースター、テレビ、いや低すぎる。じゃあこの椅子はどうだ、だめだくるくる回る。このビニール袋の中身はなんだ、梢枝のぬいぐるみか。腐ってひどいことになっていそうだ。この固いのは、おお、朔矢の勉強机だ。これなら台になる。

　苦労して机を掘り出してひきずり出すのにたっぷり十五分はかかっただろう。息を切らし、一休みしようとタバコを探す。汚れた手をハンカチになすりつけたが大してきれいにはならなかった。いいさ、これが終わったら掃き出し窓を割って家に入るんだ。なにより先に風呂に入ろうじゃないか。

　雨の中、庭で子供の勉強机に腰をかけて足をぶらぶらさせながらタバコを吸っているこの姿は一体なんだ。

俺は、なんとばかばかしいことをしているのか。

だが、親父の人生だって義男の人生だって相当ばかばかしいぞ。

俺はみっともないが、気分がいいんだ。めちゃくちゃなんだ俺は。

省三はあえぐように息をしながら机の上によじ上り、最後の四つの花を摘み取った。

それをポケットには入れずに目をつぶってほおばった。

青くささの中に、ほのかに果実のような甘さがあった。

花をごくりと飲みくだした省三は、泣き笑いのような表情を浮かべて机の上に仁王立ちになり、遂に確信を得た。

　俺の祈りの時代は、終わったのだ。

省三は胸の中で呟いた。

激しい気持ちが押し寄せ、鼻が詰まった。

参考文献リスト（順不同）

〈書籍〉

『文学都市かまくら１００人』鎌倉文学館編

『鎌倉の海』「愛されて一〇〇年鎌倉海水浴場記念事業実行委員会」編

『ある老歌人の思ひ出　自伝と交友の面影』佐佐木信綱（朝日新聞社）

『タンク・タンクロー』阪本牙城（講談社）

『世界のオウムとインコの図鑑』黒田長禮（講談社）

『日本人の一〇〇年　４．自由民権運動』鈴木勤編（世界文化社）

『自由民権運動の系譜　近代日本の言論の力』稲田雅洋（吉川弘文館）

『自由民権の文化史　新しい政治文化の誕生』稲田雅洋（筑摩書房）

『佐久自由民権運動史』上原邦一（三一書房）

『長野県の歴史』塚田正朋（山川出版社）

『長野県の歴史』古川貞雄他（山川出版社）

『峠の廃道　明治十七年秩父農民戦争覚え書』井出孫六（二月社）

〈ＤＶＤ〉

『昭和ニッポン 第1巻 昭和元～20年 １９２６～１９４５ 世界恐慌と太平洋戦争』（講談社）

『昭和ニッポン 第17巻 昭和45年 １９７０ 大阪万博と公害多発』（講談社）

『草の乱』（映画）神山征二郎監督作品（映画「草の乱」製作委員会）

富井家の家系図

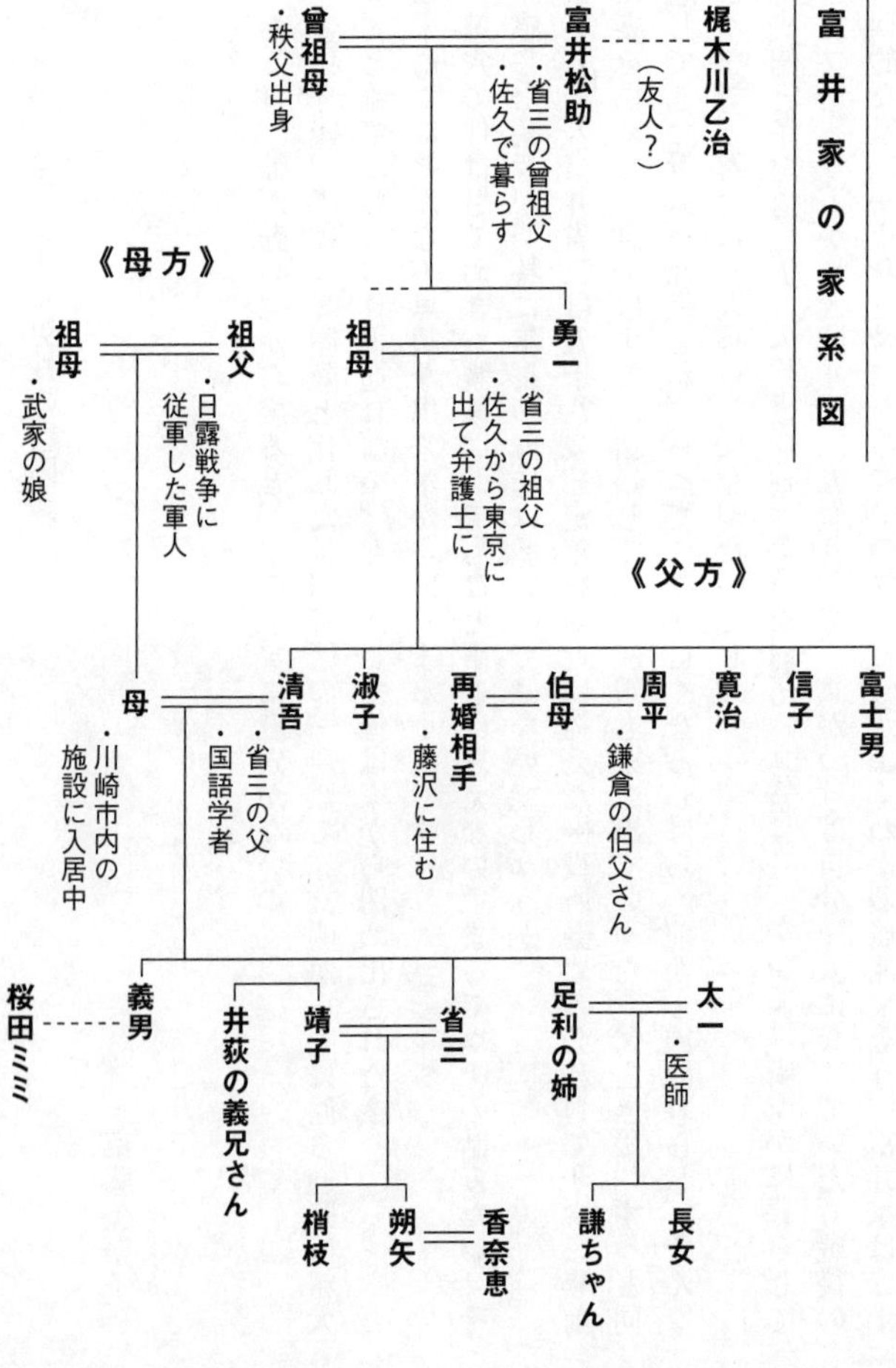
梶木川乙治
（友人？）
富井松助
・省三の曾祖父
・佐久で暮らす
曾祖母
・秩父出身
《父方》
勇一
・省三の祖父
・佐久から東京に出て弁護士に
祖母
《母方》
祖父
・日露戦争に従軍した軍人
祖母
・武家の娘
富士男
信子
寛治
周平
・鎌倉の伯父さん
伯母
再婚相手
・藤沢に住む
淑子
清吾
・省三の父
・国語学者
母
・川崎市内の施設に入居中
太一
・医師
足利の姉
省三
靖子
井荻の義兄さん
義男
桜田ミミ
長女
謙ちゃん
香奈恵
朔矢
梢枝

解説　さまよえる男性の冒険譚

斎藤美奈子

ある日、彼が勤め先から戻ると、家のドアに鍵穴がない！

妻亡き後、半ばゴミ屋敷と化した世田谷区の一戸建て。玄関から庭に回る通路は粗大ゴミと雑草におおわれて通れない。もしかして俺は家から閉め出された？

『末裔』はそんな不思議な出来事からはじまる小説です。

鍵穴の件はさておき、読後、とてもひと事とは思えない。まるでウチの話みたい。そう感じた読者が、特に年長の方には多いのではないでしょうか。

主人公の富井省三は五十八歳。定年を間近に控えた区役所勤めの公務員です。三年前に妻を亡くし、息子はすでに結婚して独立、娘も家を出ていった。父亡き後、ずっと同居してきた母も認知症をわずらって、妻が亡くなるしばらく前から施設暮らし。そんなこんなで、省三は一人暮らしになったのでした。

夫婦と子ども二人（人によってはプラス夫の親の三世代世帯）。かつては賑やかに暮らしてきたファミリーが一人減り、二人減りして、気がつけば自分一人になっていた。戦後の典型的な家族が単身世帯になるまでのプロセスがよくわかる展開。そう、富井家は二十一世紀の日本を象徴する家族像なのです。

実際、統計資料を見ても、一人暮らしの高齢者は急増しています。二〇一九年の国民生活基礎調査によると、六十五歳以上の高齢者がいる世帯のうち、夫婦のみの世帯が三割強、単身世帯は三割弱で、合わせて六割に及びます。半面、一九八〇年には約半数を占めていた三世代同居世帯は、いまや一割を切っており、二〇四〇年には高齢者の半数近くが単身世帯になるともいわれます。

省三は高齢者と呼ぶにはまだ早い五十代ですが、現状を考えれば、定年後も一人暮らしを続けることになるでしょう。これが少子高齢化社会の現実なのです。

さて、とはいうものの統計資料はあくまで資料にすぎません。数字や社会科学的考察では追いきれないところを書くのが小説です。

省三が家から閉め出されたところからスタートした物語は、思いがけない方向に転がりはじめます。一言でいえば、これは初老の男性の冒険譚、あるいは彼が自らのルーツをたどる「過去への旅」といってもいいでしょう。

息子の朔矢にやんわり家に来ることを拒否された省三を助けたのは、梶木川乙治と名乗る謎めいた自称占い師でした。彼が紹介してくれたビジネスホテルで二晩をすごした後、〈少しの間、東京から離れた方がいいと思います〉〈よくないことが起きるんです〉と乙治はいいます。〈青い鳥を探して下さい〉とも。

そして省三が向かった先は、鎌倉の亡き伯父の家。そこは省三の幸福な記憶が刻印された場所でした。この家を介して、彼は昭和の教養人だった父や伯父のことを感慨深く思い出し、〈この気持ちを多分、郷愁というのだ〉と思ったりしますが、旅はそこでは終わらなかった。ひょんなことから鎌倉で知り合った籠原家の人々。伯父の家で鉢合わせた娘の梢枝。伯父亡き後に再婚した伯母。新しい出会いや再会を通して、省三の思いは父から祖父へ、さらに曾祖父の時代へとつながり、終盤にいたって彼は富井家のルーツがある長野県の佐久にまで足を踏み入れることになります。

思いきって短くまとめれば、そういうことになりますが、本書の最大の魅力は、合理的には説明のつかない謎が次々登場する点でしょう。

なんといっても乙治という人物が謎ですし（物語の最終盤で省三は乙治の意外な正体を知ることになりますが）、姿を変えて何度となく登場し、時に人の言葉を話しさえする複数の犬の存在も気になります。どう考えても生きているはずのないオキナインコのルネが「青い鳥」よろしく伯父宅に残っていたり、乙治に紹介されたホテルが突然消えてしまったり……。父のかつての同僚だったという籠原老人との偶然の邂逅も、できすぎといえばできすぎです。すべては省三の妄想なのか。それとも現実とは別の異次元に彼が迷いこんでしまったのか。答えは最後までわかりません。

わかりませんが、ひとついえるのは、こうした不思議な出来事はいずれも、閉じてしまった省三の心に風を入れ、止まっていた省三の時間を動かし、彼を前に進ませるための原動力や起爆剤として機能していることでしょう。鍵はあっても鍵穴がない。やや強引に解釈すれば、鍵穴を失った家は、省三の心そのものだともいえます。

ミッドライフ・クライシスという言葉があります。中高年が陥る精神的な危機のことです。現代はもう「四十にして惑わず、五十にして天命を知る」の時代ではないんですね。五十になっても六十になっても人は迷い続ける。省三の場合は特に、妻の靖子の死が大きな影を落としています。妻の遺品を三年たっても捨てることができず、ことあるごとに妻への手紙を書いているのがその証拠。いうならば、彼の心そのものが実存の危機にさらされ、収拾のつかないゴミ屋敷化しているのです。

こういう人には心のリハビリテーション、ちょっとした外圧が必要なんですね。冒険譚だ、過去への旅だと申しましたが、より限定的にいえば『末裔』は妻を亡くした夫のグリーフワーク（悲嘆から立ち直る過程）を描いた小説ともいえます。

そもそもなぜ彼は家から閉め出されたのか。乙治は〈何かの意志が働いているのかもしれない〉といい、娘の梢枝は〈それさあ、きっとお母さんだよ。お母さんが閉め出したんだよ〉と口にして省三に一蹴されますが、この見解には一理あります。

あなたねえ、私に手紙ばっかり書いていないで、現実を見なさいよ現実を。そんな靖子の思いに応えた乙治が遠い過去から召還されて最初のサポート役を果たし、乙治が消えた後は犬（ないし「かつて犬だった者」）が省三の背中を押し、かつ彼を「ショーチャン」

と呼ぶルネが彼の気持ちを明るくする。ゴミ屋敷化した世田谷の家を出て、幸福な記憶が残る鎌倉の家に一時避難（乙治の言葉を借りれば雨宿り）することで、省三はようやく心の整理がつきます。ましてやここで彼は音信不通だった娘との新しい関係を築くことに成功するのです。靖子の差し金としか思えません。

鎌倉で暮らしはじめて一週間。妻への手紙の中で彼は書きます。

〈俺は、家族のために働いてると、ずっと思っていた。金銭的には確かにそうだったが、それは、自分のことを、さぼるいいわけでしかなかったんだ〉と。

〈いつの間にか、家族は、誰ひとり俺のことを必要としなくなっていた。肉体的にも、精神的にも、経済的にもね。そのときになって、初めて気がついたってわけじゃない。うすうすは、わかってたんだ。俺は、とうとう一人になってしまった。／今になって、俺がしたいことと言ったら、殆ど何もないんだ。ただ、夜明けの砂浜や、外国の白夜の街や、高原の霧のなかをおまえと二人で歩きたい〉

なんて詩的なラブレター！　おそらく省三は、生前の妻に対してはけっしてこんな言葉は口にしなかったでしょう。昭和の男の沽券ってやつです。

ですが沽券を捨てて、はじめて人は自由になり、次の段階に進める。

本書の初出は二〇〇九年。この時点での五十八歳は一九五一年生まれ。いわゆる団塊世代の最後のほうに属します。高度経済成長期からバブル崩壊後の苦境の時代まで、仕事一筋で駆け抜けてきた世代といえます。けれどもそれは、この世代に限った話でもありません。二〇二〇年代以降も、省三のような男性はますます増えているはずです。伴侶に先立たれた女性が（夫の呪縛から解放されて？）第二の人生をそれなりに謳歌しているのに比べると、生活のほぼすべてを妻に頼ってきた男性には、伴侶を亡くした途端にガックリきて生気を失う人が少なくありません。

省三も、やはりそうでした。でも紆余曲折の末に、彼は新たな境地に達します。〈思いつきでふらりふらりと出かけたっていいじゃないか。／そうすれば、俺の悩みの種だった家だって母港みたいなものではないか〉。〈俺の祈りの時代は、終わったのだ〉とラストで省三は考えます。ここにあるのは希望です。たとえ大切な人を亡くし、鍵穴を見失っても、大丈夫、あなたはきっと生きていける。そう教えられている気がします。

（文芸評論家）

本書は二〇一一年に講談社、二〇一四年に新潮文庫で刊行された『末裔』を再文庫化したものです。

初出：「群像」二〇〇九年九月号～二〇一〇年八月号

JASRAC 出 2306012-301

末裔《まつえい》

二〇二三年 九 月一〇日 初版印刷
二〇二三年 九 月二〇日 初版発行

著 者 絲山秋子《いとやまあきこ》
発行者 小野寺優
発行所 株式会社河出書房新社
〒一五一－〇〇五一
東京都渋谷区千駄ヶ谷二－三二－二
電話〇三－三四〇四－八六一一（編集）
〇三－三四〇四－一二〇一（営業）
https://www.kawade.co.jp/

ロゴ・表紙デザイン 粟津潔
本文フォーマット 佐々木暁
本文組版 株式会社創都
印刷・製本 中央精版印刷株式会社

Printed in Japan ISBN978-4-309-41991-6

忘れられたワルツ

絲山秋子　41587-1

預言者のおばさんが鉄塔に投げた音符で作られた暗く濁ったメロディは「国民保護サイレン」だった……ふつうがなくなってしまった震災後の世界で、不穏に揺らぎ輝く七つの“生”。傑作短篇集、待望の文庫化

薄情

絲山秋子　41623-6

他人への深入りを避けて日々を過ごしてきた宇田川に、後輩の女性蜂須賀や木工職人の鹿谷さんとの交流の先に訪れた、ある出来事……。土地が持つ優しさと厳しさに寄り添う傑作長篇。谷崎賞受賞作。

小松とうさちゃん

絲山秋子　41722-6

小松さん、なんかいいことあった？——恋に戸惑う52歳のさえない非常勤講師・小松と、ネトゲから抜け出せない敏腕サラリーマン・宇佐美。おっさん二人組の滑稽で切実な人生と友情を軽快に描く傑作。

夢も見ずに眠った。

絲山秋子　41930-5

夫の高之を熊谷に残し、札幌へ単身赴任を決めた沙和子。夫婦であっても共有しえない孤独と優しさを抱えた二人は次第にすれ違い、離別を選ぶことになったが……。

海の仙人・雉始雊

絲山秋子　41946-6

宝くじに当たった河野は会社を辞め敦賀に引っ越した。何もしない静かな日々に役立たずの神様・ファンタジーが訪れ、奇妙な同居が始まった。芸術選奨文部科学大臣新人賞を受賞した傑作に「雉始雊」を増補。

ばかもの

絲山秋子　41959-6

気ままな大学生ヒデと勝ち気な年上女性、額子。かつての無邪気な恋人たちは、深い喪失と絶望の果てに再会し、ようやく静謐な愛の世界に辿り着く。著者を代表する傑作恋愛長編。